你想知道的都在這裡！

奇幻世界大揭祕

深入瞭解劍與魔法的世界
~武具、幻獸與怪物、神話、術式~

「奇幻世界的一切」編輯室

目錄

前言 ……………………………………… 4

第一章　武器與防具

刀劍類
長劍、短劍 ………………………………… 10
闊劍、軍刀 ………………………………… 11
專欄 證明王者血統的劍之傳說
彎刃大刀、闊刃大劍 ……………………… 12
焰形劍、刺劍 ……………………………… 13
專欄 最強的武器・雷瓦汀
羅馬短劍、衣索比亞彎刀 ………………… 14
印度拳劍、古埃及鐮狀劍、寇拉彎刀 …… 15
長柄逆刃刀、塔爾瓦彎刀、哈爾帕彎刀 … 16
波斯彎刀、蛇腹劍、日本刀 ……………… 17

短劍類
觸角匕首、腎形匕首 ……………………… 18
五指短劍、耳朵匕首、撒克遜刀 ………… 19
狩獵小刀、賈馬達哈 ……………………… 20
佩什卡多、卡達、斯提雷托 ……………… 21

槍
長槍、短槍 ………………………………… 22
戟、標槍 …………………………………… 23
專欄 魔法武器・岡格尼爾
半月斧、騎槍 ……………………………… 24
闊頭槍、軍叉 ……………………………… 25
專欄 凱爾特神話的武器・蓋伯格
長柄刀、戰鬥鉤 …………………………… 26
長柄鍥、草鐮 ……………………………… 27
專欄 太陽神之槍・阿勞厄

打擊武器
棍棒、鎚矛 ………………………………… 28
晨星鎚、連枷、戰鎬 ……………………… 29
鎚（戰鎚）、雙節棍 ……………………… 30
填充鐵棍、古爾茲 ………………………… 31
專欄 北歐神話的武器・妙爾尼爾

斧
戰斧、印地安戰斧 ………………………… 32
雙刃斧、布吉斧 …………………………… 33

弓
長弓 ………………………………………… 34
短弓、十字弓 ……………………………… 35
專欄 決鬥之神的武器・紫衫弓

投擲武器
環刃、印加流星錘 ………………………… 36
機弦、投石機、手裏劍 …………………… 37

鐮
鎖鐮、大鐮 ………………………………… 38
專欄 死神的大鐮

鞭
馬鞭、九尾鞭、一條鞭 …………………… 39

射程器
迴力鏢、彈弓、吹箭 ……………………… 40

杖
權杖、手杖、魔杖 ………………………… 41

其他
指虎、書、旗、號角 ……………………… 42
雷霆、絲線、類似鐵撬的物品、溜溜球、鏈鋸、
槍械 ………………………………………… 43

鎧甲
騎兵胸甲 …………………………………… 44
板甲 ………………………………………… 45
護胸甲、半身甲 …………………………… 46
亞麻胸甲、布面鐵甲 ……………………… 47
布甲、鱗甲 ………………………………… 48
鎖子甲 ……………………………………… 49

盾
圓盾、阿斯庇斯盾 ………………………… 50
霍普隆盾、佩爾塔盾 ……………………… 51
鳶形盾、帕維斯盾 ………………………… 52
斯庫圖姆盾 ………………………………… 53

專欄 埃癸斯盾
頭盔
十字軍頭盔、中頭盔 ·················· 54
斯潘根頭盔、阿梅特頭盔、壺形盔 ········ 55
戒指、項鍊、耳環、手鐲、皮帶、面具、鞋子
 ···························· 56

第二章　幻獸與怪物 ············ 57

龍、飛龍 ·························· 60
那伽、九頭蛇、東方的龍 ··············· 61
利維坦、克拉肯 ···················· 62
人魚、斯庫拉、達貢、鯊魚 ·············· 63
天馬、雷鳥 ······················· 64
哈比、獅鷲 ······················· 65
拉彌亞、艾奇德娜 ··················· 66
戈爾貢、巴西利斯克、八岐大蛇 ·········· 67
天使、高位天使 ···················· 68
貝希摩斯、格倫戴爾、撒旦 ·············· 69
奇美拉、植物羊 ···················· 70
蠍獅、狼人 ······················· 71
鬼魂、鬼火 ······················· 72
幽靈、史萊姆 ····················· 73
報喪女妖、芭芭雅嘎 ·················· 74
吸血鬼 ·························· 75
喪屍、科學怪人 ···················· 76
木乃伊、殭屍、骷髏人 ················ 77
食人魔、食屍鬼 ···················· 78
地精、哥布林 ····················· 79
獨眼巨人、泰坦 ···················· 80
魔像、山怪巨魔 ···················· 81
半人馬、寧芙 ····················· 82
地獄三頭犬、阿刺克涅 ················ 83
耶夢加得、芬里爾 ··················· 84
赫爾、斯雷普尼爾 ··················· 85
精靈、矮人 ······················· 86
半獸人、強獸人 ···················· 87

樹人、哈比人 ····················· 88
邁雅、戒靈 ······················· 89
獨角獸、擬態怪 ···················· 90
比斯克拉夫雷特、杜拉漢 ··············· 91
列布拉康、凱爾派 ··················· 92
貓妖精、森林仙女 ··················· 93
皮克西、狗頭人 ···················· 94
棕精靈、火星人 ···················· 95
所羅門王召喚的72柱惡魔 ·············· 96

第三章　神話與術式 ············ 97

希臘神話 ························ 100
羅馬神話 ························ 101
北歐神話 ························ 102
凱爾特神話 ······················ 104
埃及神話 ························ 105
蘇美神話 ························ 106
美洲原住民的傳說 ·················· 107
馬雅神話 ························ 108
印加神話 ························ 109
魔法 ··························· 110
咒術 ··························· 111
鍊金術 ·························· 112

第四章　著名的奇幻作品 ········ 113

納尼亞傳奇 ······················ 116
精靈寶鑽、哈比人歷險記、魔戒 ········· 117
尼伯龍根的指環 ···················· 118
龍與地下城 ······················ 119
埃里克傳奇 ······················ 120
克蘇魯神話 ······················ 121
愛麗絲夢遊仙境、愛麗絲鏡中奇遇 ······· 122
說不完的故事、哈利波特 ·············· 123

索引 ··························· 124

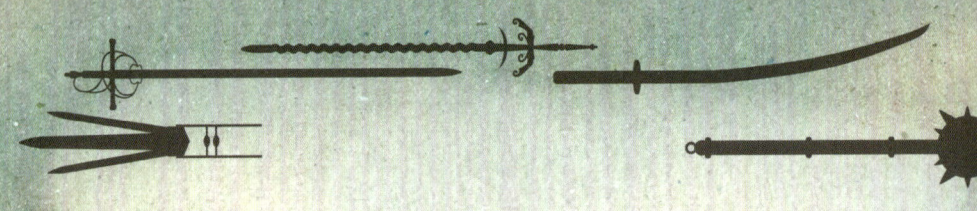

前言

　　遊戲、戲劇、電影、動畫、漫畫、小說等，以奇幻為主題的作品在全球不計其數。奇幻作品絕不是什麼新鮮的題材，擁有悠久的歷史。即使到了現代，無論在哪個領域觀賞怎樣的奇幻作品，也會因世代而異。

　　在昭和時代出生長大的大人，一說到奇幻作品，可能會聯想到童年時期讓自己嚇得睡不著覺、於外國的恐怖電影中看到的科學怪人、吸血鬼德古拉、狼人、木乃伊、魔女等。又或者是以小說和電影而風靡全球的《哈利波特》系列、根據英國作家托爾金於1954年出版的奇幻小說《魔戒》改編而成的《魔戒三部曲》等作品，讓廣泛年齡層的人們重新認識到奇幻作品的魅力。

本書將奇幻世界分為三章，分別是第一章的武器與防具、第二章的幻獸與怪物、第三章的神話與術式，搭配插圖詳細解說各類奇幻作品中登場的武器、怪物，乃至神話的特徵與傳說。

　　另外，第四章介紹了一些值得一看的奇幻作品。相信有不少讀者對這些作品都很熟悉，但如果有尚未接觸過的作品，希望大家不妨找個機會閱讀看看。

　　奇幻作品擁有讓全世界任何年齡層的讀者都能感受到某種夢想的魅力。在這裡衷心期盼各位讀者能夠透過本書深刻感受到更勝以往的魅力。

「奇幻世界的一切」 編輯室

本書的使用方式

依照大分類記載了該武器與防具的概要。

實際存在過的武器皆標註大致的尺寸。

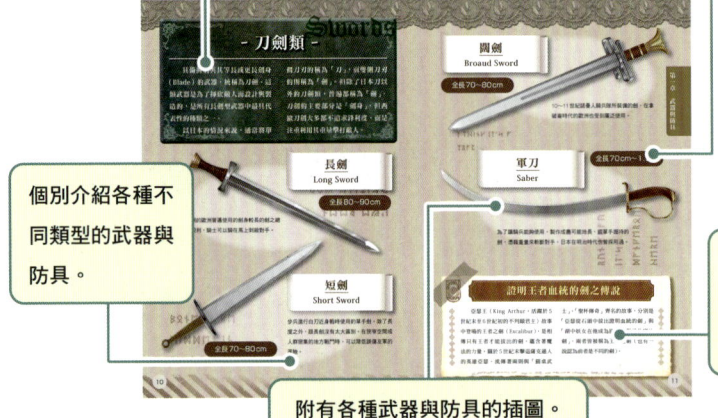

個別介紹各種不同類型的武器與防具。

介紹部分著名武器或裝備的軼聞傳說。

附有各種武器與防具的插圖。

個別介紹各種不同類型的幻獸與怪物。

每種幻獸與怪物皆附有插圖。

6

第一章

武器與防具

武器與防具

　　武器是專為戰鬥而製造的道具，有些武器是從狩獵工具或農具演變而來，也有武器是從工具等日常用品發展而來。在眾多武器中，劍是最常見的武器；兩側都有刀刃的稱為劍，只有一側有刀刃的則歸類為刀。日本刀也是單刃刀的一種，據說在混戰中能夠發揮其真正的價值。

　　繼刀劍類之後，戰場上最常使用的武器是長柄武器。這種武器是由柄和槍頭組成，攻擊距離比刀劍更長，被認為是自古以來就被使用的武器。

　　在歐洲進入利用金屬鎧甲保護身體的時代，為了能夠隔著鎧甲造成傷害，開始出現以棍棒為首的打擊武器，尤其鎚子和斧頭原本就是在日常生活中會用到的工具，因此也常被當成武器使用。在中國和日本，棍棒也以杖術或棒術等武術形式登場。在電影《龍爭虎鬥》（1973年）中，主角李小龍用雙節棍打倒對手的場景，讓雙節棍一舉成為聞名全球的武器。

　　此外，狩獵時使用的弓也被當成打倒遠方敵人的道具。弓分為短弓與長弓兩種類型，其中長弓更發展成足以貫穿鋼鐵鎧甲的武器。後來用扳機發射箭矢的十字弓也登場了。在美國熱門影集《陰屍路》（2010年）中，重要角色之一的戴瑞（諾曼‧李杜斯飾）便是以擅長使用十字弓的形象深受觀眾們的喜愛。

　　可以承受敵人的攻擊並減輕傷害的盾牌，可說是歷史最悠久的防具。尤其在古希臘和羅馬等地，甚至發展出專門使用盾牌的陣形，在戰場上發揮重要的功能。盾牌的形狀和大小相當多樣化，與保護頭部的頭盔和覆蓋全身的鎧甲一同提高了防具的重要性。

劍的部位名稱

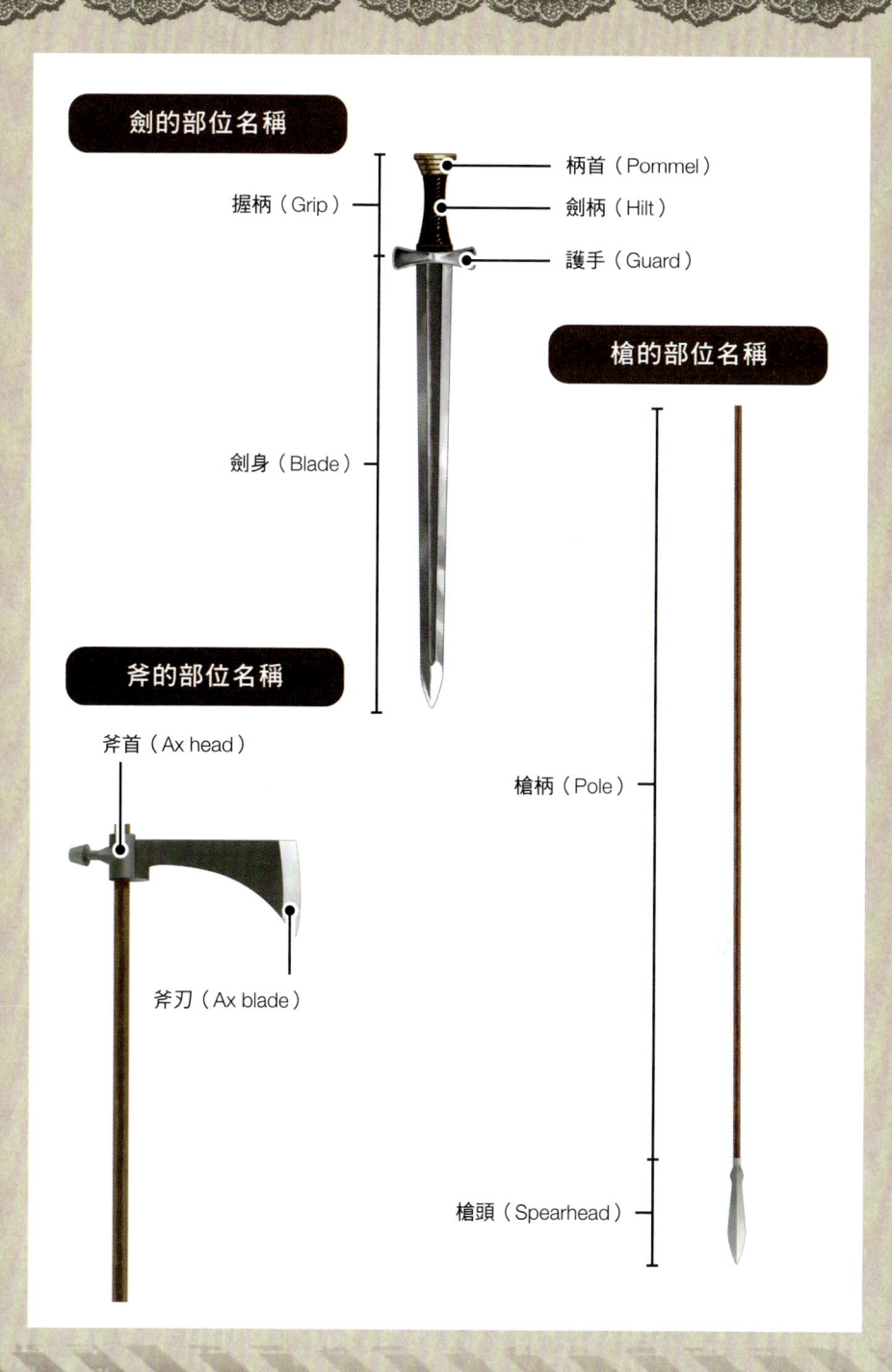

- 握柄（Grip）
- 柄首（Pommel）
- 劍柄（Hilt）
- 護手（Guard）
- 劍身（Blade）

槍的部位名稱

- 槍柄（Pole）
- 槍頭（Spearhead）

斧的部位名稱

- 斧首（Ax head）
- 斧刃（Ax blade）

第一章　武器與防具

9

- 刀劍類 -

具備握柄與其等長或更長劍身（Blade）的武器，統稱為刀劍。這類武器是為了揮砍敵人而設計與製造的，是所有長劍型武器中最具代表性的種類之一。

以日本的情況來說，通常將單側刀刃的稱為「刀」，而雙側刀刃的則稱為「劍」。但除了日本刀以外的刀劍類，普遍都稱為「劍」。刀劍的主要部分是「劍身」，但西歐刀劍大多都不追求鋒利度，而是注重利用其重量擊打敵人。

長劍
Long Sword

全長80～90cm

中世紀後期的歐洲普遍使用的劍身較長的劍之總稱。劍尖銳利，騎士可以騎在馬上刺殺對手。

短劍
Short Sword

步兵進行白刃近身戰時使用的單手劍。除了長度之外，跟長劍沒有太大區別。在狹窄空間或人群密集的地方戰鬥時，可以降低誤傷友軍的風險。

全長70～80cm

闊劍
Broaud Sword

全長 70～80cm

10～11世紀諾曼人騎兵隊所裝備的劍，在拿破崙時代的歐洲也受到廣泛使用。

軍刀
Saber

全長 70cm～1.2m

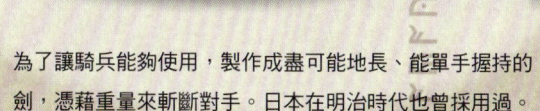

為了讓騎兵能夠使用，製作成盡可能地長、能單手握持的劍，憑藉重量來斬斷對手。日本在明治時代也曾採用過。

第一章　武器與防具

證明王者血統的劍之傳說

亞瑟王（King Arthur，活躍於5世紀末至6世紀初的不列顛君主）故事中登場的王者之劍（Excalibur），是相傳只有王者才能拔出的劍，蘊含著魔法的力量。關於5世紀末擊退薩克遜人的英雄亞瑟，流傳著兩則與「圓桌武士」、「聖杯傳奇」齊名的故事，分別是「亞瑟從石頭中拔出證明血統的劍」與「湖中妖女在他成為國王後賜予的魔法劍」，兩者皆被稱為王者之劍（也有一說認為前者是不同的劍）。

彎刃大刀
Falchion

全長70〜80cm

中世紀歐洲文藝復興時期流行的刀劍，在以長劍為主流的當時屬於罕見的短劍。不僅士兵，連市民也會使用的萬能刀具。

闊刃大劍
Claymore

15〜17世紀蘇格蘭士兵愛用的雙手大劍代表之一。尺寸較小，具備優異的機動性，令敵人聞風喪膽。

全長1.2m

焰形劍
Flamberge

以波浪狀的獨特刀身為特徵的雙手劍總稱。其優美的形狀常被當作藝術品，但在戰鬥中能給予對手難以治癒的傷害。

全長 1.3～1.5 m

刺劍
Rapier

全長 80～90 cm

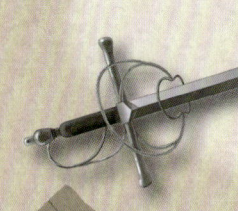

刀身細長銳利的劍，從中世後期到文藝復興時期在歐洲各地普及。劍術的基本為突刺，也作為決鬥時的武器使用。

第一章　武器與防具

最強的武器・雷瓦汀

在電玩遊戲的世界中，雷瓦汀（Lævateinn）可以說是家喻戶曉的最強武器之一，為 17 世紀發現的北歐神話手抄本《詩體埃達（Poetic Edda）》的《費約爾斯維茨之歌（Fjölsvinnsmál）》第 26 詩節中登場的武器。

雷瓦汀的「Læva」意為「背叛、災厄」、「teinn」意為「樹枝、杖」。神話中並未記載它是什麼樣的武器，一般解釋為「劍」，但也有「槍」或「箭」等不同的解釋。

13

羅馬短劍
Gladius

全長60cm

刀身材質是將質地堅硬易碎的鐵，與質地柔軟易延展的鐵混合，使其既堅固又韌性十足，為古羅馬時代最具代表性的劍。

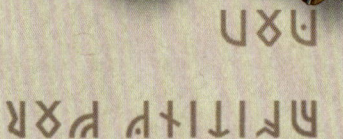

衣索比亞彎刀
Shotel

伸展的長度約1m

衣索比亞的傳統雙刃刀劍。和其他刀劍相比，呈大弓的形狀彎曲；與其說是圓形，有些更接近「く」字或「L字形」。

印度拳劍
Pata

全長 1.0～1.2m

居住於印度馬哈拉施特拉邦的馬拉地人（Marathi）所使用的刀劍。外觀為西方風格的雙刃直劍，據說也受到印度馬拉塔帝國的初代君主喜愛。

古埃及鐮狀劍
Khopesh

古埃及使用的單刃刀劍，相傳是從斧頭發展而來。儘管尺寸小巧，卻具有強大的斬擊力，在近身戰中尤其能發揮威力。

全長 50～80cm

寇拉彎刀
Kola

與「廓爾喀彎刀（Kukri）」同為尼泊爾的著名武器，用於戰鬥或儀式上。彎曲成弓形的刀身，愈前端愈寬大。

全長 70cm

第一章 武器與防具

15

長柄逆刃刀
Rhomphaia

2m左右

曾經令古羅馬士兵聞風喪膽的色雷斯人（Thracians）所使用的主要武器。刀身與刀柄幾乎等長的大刀，刀刃位於內側。

塔爾瓦彎刀
Talwar

全長0.7～1m

源自印度，刀柄造型獨特的刀劍。刀柄上會飾以雕刻或金箔，身分高貴之人持有的塔爾瓦彎刀的刀柄上甚至裝飾著琺瑯或寶石。

哈爾帕彎刀
Harpe

這種刀劍在希臘神話中也有登場，由於刀身形如鐮刀，因此也被稱為鐮劍。以呈弓形彎曲的刀刃內側勾住目標，再用力拉扯將其切斷。

全長40～50cm

波斯彎刀
Shamshir

全長80～90cm

12世紀誕生於波斯（現在的伊朗），16世紀初傳到鄰近國家的細長單刃刀。18世紀於印度製作的波斯彎刀裝飾得極其華麗。

蛇腹劍
Chain Whip

刀刃部分以等距分割，透過鋼絲連接，可以像鞭子一樣變形的虛構武器。雖然是不存在於現實世界的劍，卻給人一種強烈的視覺衝擊力。

日本刀
Katana

刀刃長度2尺3寸

劍中只有單側有刀刃的刀劍。與雙面劍相比，刀身較窄，除了刀背帶有弧度的彎刀之外，也有適合「突刺」且沒有弧度的直刀。

第一章　武器與防具

－ 短劍類 －

Daggers

在各式各樣的刀劍中，全長較短的被稱為短劍。一般會被稱為「小刀」或「匕首」，自古以來就被人們當作武器或日用品使用。

短劍除了攜帶方便之外，在極近距離的戰鬥中，與徒手相比會更具優勢，也能在狹窄的地方靈活運用。作為武器，短劍的使用方式包括了砍、刺，甚至投擲等。與近現代相比，在中世紀所使用的短劍尺寸更長、更大。

觸角匕首
Antennae Dagger

全長30cm

13～14世紀時西歐最普遍使用的短劍。這種劍的握柄細長且輕巧，有單刃和雙刃兩種，護手為直線設計。

腎形匕首
Kidney Dagger

全長20～30cm

中世紀的騎士們會使用這種直刃短劍刺穿鎧甲，讓瀕臨死亡的敵人或同伴從痛苦中獲得解脫。

五指短劍
Cinquedea

全長 40～70cm

文藝復興時期開發，在義大利全境廣泛流傳的短劍，特徵是劍身約有五指寬。後來也出現了加上華麗裝飾的五指短劍。

耳朵匕首
Eared Dagger

全長 20～30cm

原本是起源於東方的劍，後由義大利商人帶到歐洲。其特徵之一是雖為雙刃，但劍身並非左右對稱。

撒克遜刀
Sax

全長 30～40cm

遷徙至英格蘭的日耳曼民族撒克遜人所持有的武器，「sax」在最古老的德語中是「小刀」的意思。由於容易使用，因此也被當成日常工具使用。

第一章　武器與防具

19

狩獵小刀
Hunting Knife

用於殺死獵物後放血、剝皮、肢解成易於搬運的大小等目的，是獵人（狩獵者）使用的小刀。特點是刀刃鋒利，堅固耐用。

賈馬達哈
Jamadahar

全長30～70cm

源自印度的刀劍，特徵是握柄與刀刃垂直。比起「切」，其形狀更適合「戳刺」。也有刀刃為雙叉或三叉的設計。

佩什卡多
Peshqabz

全長 28～36 cm

在波斯稱為「kard」，是波斯及印度北部特有的短劍。由於前端尖銳，刀身呈S形彎曲，因此具有極高的殺傷力。

卡達
Katar

有雙刃和單刃兩種類型，主要用於突刺或劈砍的短劍。歷史書中曾將其與另一把短劍賈馬達哈混淆並廣為流傳，導致常被誤認。

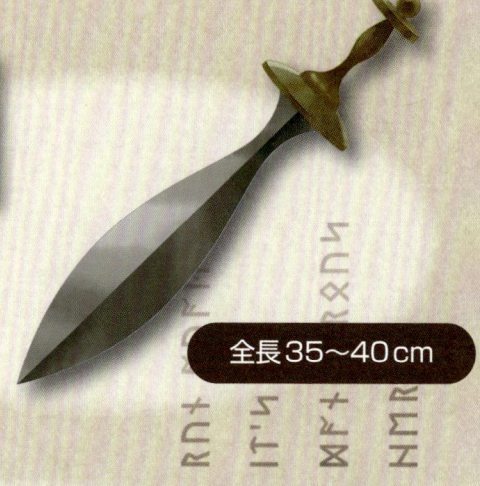

全長 35～40 cm

斯提雷托
Stiletto

義大利北部製造的短劍。前端尖銳，但沒有刀刃，是專門用來突刺的短劍。12世紀以後，於德國及英格蘭作為武器使用。

全長 20～30 cm

第一章　武器與防具

－ 槍 －

Spears

　　在長柄（握柄）前端裝上作為刀身的槍頭，這種武器稱為槍。

　　自古以來，世界各地在戰爭時都會使用槍，作為接近敵人戰鬥時的主力武器。

　　其優點是可以和對手保持適當的距離進行攻擊。在日本，人們使用槍的前身矛，之後隨著時代演進，發展出各種形狀與用途的槍。長柄槍的長度約4～6m，大身槍的長度似乎也有4m以上。

全長2～3m

長槍
Long Spear

雖然是槍尖裝上長棒這種構造簡單的武器，但在武器的歷史上，據說是所有武器的基礎。其長度對敵人具有威嚇的效果。

全長1.2～2m

短槍
Short Spear

構造與長槍相同，人類在狩獵生活時代便已開始使用。可用於刺擊、突刺或投擲，廣泛應用於步兵、騎兵、近距離或遠距離戰鬥等場合。

戟
Halberd

全長 2～2.5m

斬、刺、用鉤爪勾住等，能夠以各種方式使用的萬能武器。15～19世紀於歐洲廣泛使用，需經過充分的訓練才能運用自如。

第一章　武器與防具

標槍
Javelin

全長 0.7～1m

以投擲為目的製作，為了確保槍的飛行軌跡穩定，槍頭設計得比較重。田徑運動中用於投擲的槍也稱為標槍。

魔法武器・岡格尼爾

　　北歐神話中登場的眾多神祇與武器中，主神奧丁（Odin）持有的投槍便是岡格尼爾（Gungnir）。

　　相傳岡格尼爾是洛基（Loki）命居住在地底的黑侏儒（矮人）打造，而後獻給奧丁。

　　只要奧丁將作為魔法武器的岡格尼爾擲入戰場，戰鬥的勝敗立刻就會分曉，而且絕對不可違背以槍尖立下的誓言。據說擊敗敵人後，岡格尼爾會自動回到主人的手上。

23

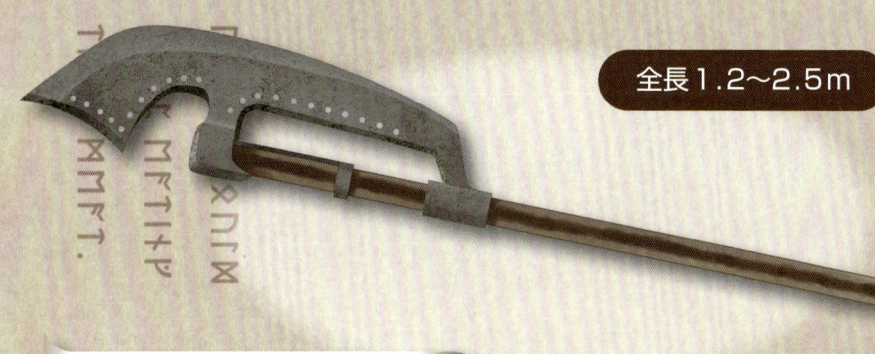

半月斧
Bardiche

全長1.2～2.5m

擁有刃長60～90cm巨大斧頭的武器。無論是揮舞或向下劈砍，斬擊的威力相當驚人。然而，這種武器並不適合用於突刺。

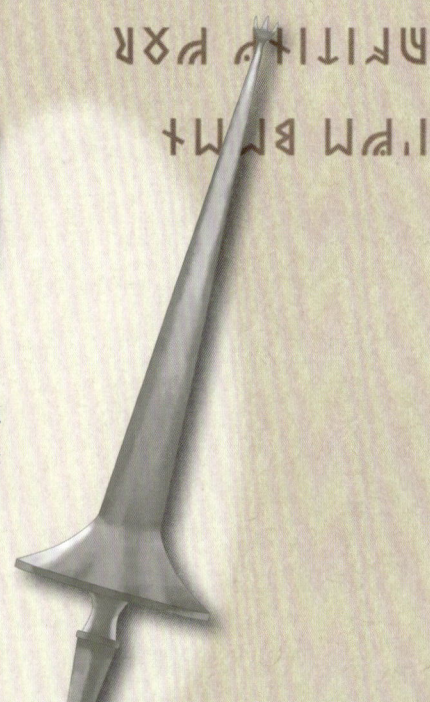

騎槍
Lance

全長3.3～5m

作為槍騎兵總稱的騎槍，是帶有長柄的槍，適合從馬上進行攻擊。依形狀可分為「單純的長槍」與「三角錐狀的槍」兩種。

闊頭槍
Partizan

全長 1.5～2m

具備寬闊雙刃槍尖，兩側附有對稱小突起的長柄武器。不論是突刺或斬擊都能發揮威力，功能性優越是最大的特徵。

第一章　武器與防具

軍叉
Military Fork

全長 0.7～1m

擁有兩根槍尖的雙叉槍。自10世紀左右開始在歐洲使用，17世紀時成為歐洲各國軍隊的步兵對抗騎兵的武器，農民起義時也受到使用。

凱爾特神話的武器・蓋伯格

　　凱爾特神話是愛爾蘭與威爾斯地區的神話和傳說，其中出現了一把名為蓋伯格（Gáe Bulg）的槍，這個名字具有「破壞」、「投擲雷電」、「蛇腹狀投槍」等含義。這把有著閃電般切口的槍，擲出時會化為三十枝箭傾瀉而下，突刺時會化為三十根尖刺破壞體內。其主人是太陽神魯格（Lugh）的子孫，即凱爾特神話中最偉大的英雄庫胡林（Cú Chulainn）。相傳這是一把令人畏懼的武器，擁有讓傷口無法癒合的詛咒，以及貫穿防禦的效果。

長柄刀
Glaive

全長2〜3.5m

用來刺擊、突刺、揮砍，以巨大刀刃砍倒對手的武器，屬於薙刀的一種。曾作為步兵武器備受重用，但到了16世紀末便逐漸被淘汰。

戰鬥鉤
Battle Hook

全長2〜2.5m

其用途僅限於勾住馬上的騎士，長柄上裝有鉤爪。由於是無需高度訓練即可使用的武器，因此被訓練不足的小規模軍隊所使用。

長柄鍥
Bill

作為步兵用武器使用，適合對抗全副武裝的敵人。槍尖設計為勾住敵人的理想形狀，並附有刺擊用的突起。

全長2～2.5m

草鐵
Guisarme

11～15世紀於英國使用的武器，是一種用途十分廣泛的槍，可以用來突刺、揮砍、拉倒敵人等。由於兼具長柄鍥的特性，因此也被稱為「長柄鍥草鐵」。

全長2.5～3m

第一章　武器與防具

太陽神之槍・阿勞厄

阿勞厄（Areadbhair）是凱爾特神話中登場的槍。太陽神魯格所持有的這把槍，據說原本是波斯國王皮塞爾（Pisear）擁有的毒槍，是魯格向殺害父親的圖利爾（Tuirill）之子們索取的賠償品。由於槍尖帶有高溫，必須將其浸泡在裝有冰塊的大釜中，否則會將整座城市燒毀。在虛構作品中也出現過以阿勞厄為名的槍，甚至在熱門遊戲的世界中屢屢登場，想必應該有很多玩家都曾使用過這把武器吧。

Blunt instrument
－打擊武器－

　　活用重量，以擊打對手為目的的武器稱為打擊武器。

　　即使面對身穿厚重堅硬鎧甲的對手，也能給予充分的傷害。

　　打擊武器大致上可以分為，一體成型的「棍棒」，以及握柄與柄頭分離的「鎚矛」。戰鎚（War hammer）、連枷（Flail）、鞭子等都屬於打擊武器，作為士兵們的手持武器用於近身戰鬥。

棍棒
Club

粗細與長度都正好適合握在手上揮舞或敲打的圓棒。其起源可追溯至猿人或原始人使用的木棍或骨頭，是歷史悠久的基本武器之一。

全長1.1～3m

鎚矛
Mace

長柄前端附有金屬製打擊部分的一種合成棍棒，是用來毆打對手的武器。有時也會以投擲的方向攻擊遠處的對手。

全長30～80cm

晨星鎚
Morning Star

全長50～80cm

前端呈球體狀，上面附有多根尖刺的打擊用武器。據說是西歐騎士愛用的武器，使用時採取朝對手猛擊的方式。

連枷
Flail

全長1.6～2m

以鎖鍊等連結柄與打擊部分的打擊用武器，原型是穀物用於脫穀的農具，後來發展成武器。在日語中被譯為連接棍或連接棍棒。

戰鎬
War Pick

全長50～60cm

主要目的是供騎兵使用，因此將握柄製作得較短，以便單手操作。除了突刺之外也能用來打擊，這點與戰鎚一樣是優秀的特徵。

第一章　武器與防具

29

鎚（戰鎚）
Hammer（War Hammer）

戰鬥用的鐵鎚，廣義來說木槌也屬於戰鎚。其特徵是握柄前端的其中一側像鐵鎚一樣是平坦的形狀，另一側則是尖銳的鉤爪狀。

全長50～200cm

雙節棍
Nunchaku

全長70～100cm

用鎖鍊等物將兩根等長的棍棒連接而成的武器，除了揮舞擊打或突刺對手進行攻擊之外，也能用擋格來進行防禦。因功夫電影而廣為人知。

填充鐵棍
Sap

全長30～50cm

將沙子或金屬填充到皮革袋中製成的棍棒狀武器，也稱為黑傑克（Blackjack）。能活用其重量來給予對手傷害，特性是不容易留下明顯的傷痕。

古爾茲
Gurz

印度和波斯使用的一種鎚矛，鎚頭多為精美的設計，也有分叉狀或螺旋狀的形狀。

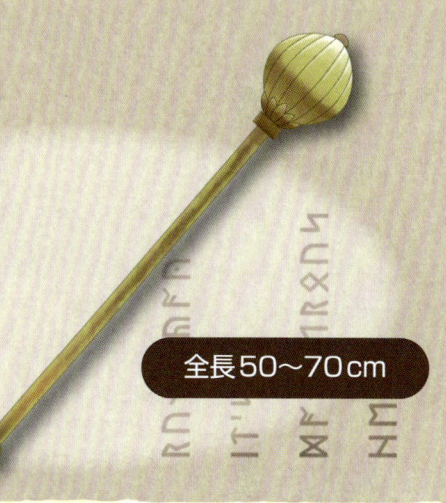

全長50～70cm

第一章 武器與防具

北歐神話的武器・妙爾尼爾

妙爾尼爾（Mjölnir）是北歐神話的主神索爾（Thor）持有的鎚子武器。在古諾詩語中意為「擊碎者、粉碎者」。相傳即使全力擊打也不會損壞，投擲出去時必定能命中目標，而且還會回到自己的手上。由於能自由伸縮，不使用時可以縮小到足以放進口袋的大小隨身攜帶，還擁有讓死者復活的力量；總之擁有極為驚人的威力，甚至連巨人族的頭蓋骨都能粉碎，是一把具備一擊必殺破壞力的武器。

- 斧 -

　　斧頭，自古以來是在全世界各地作為砍伐樹木、劈開圓木等用途的一項道具。而另一方面也會被當成武器來使用，並逐漸發展出了專為戰鬥設計的斧頭，被稱為戰斧。

　　其中最具代表性的戰斧包括斧槍、半月斧、印地安戰斧、雙刃斧等等。這些戰斧在戰場上不僅可以用來砍劈或擊打對手，在攻城時也是用來破壞城門、城牆、石牆等結構的道具之一。

戰斧
Battle Axe

全長60～150cm

這個名稱具有廣泛的含義，也是戰斧的總稱。這種由斧頭和柄組合而成的簡單結構武器，通常擁有較寬的刀刃。

印地安戰斧
Tomahawk

全長30～50cm（柄長）

作為北美印地安人使用的斧頭而聞名。最初是白人從歐洲帶入北美用於開墾的斧頭，其後由印地安人改良而成的武器。

雙刃斧
Bipennis

全長 50～70 cm

為了利用其重量產生強烈的衝擊，通常會在柄上捆綁木束。此外，這個詞也被用作雙刃斧的總稱。

布吉斧
Bhuj

全長 40～70 cm

沉重的斧頭呈縱長，握柄部分為空心，內部藏有短劍。在16～19世紀左右的西印度信德地區受到騎兵指揮官們的使用。

第一章　武器與防具

- 弓 -

在發射箭矢的裝置中，靠人類力量操作的裝置就是「弓」。將弦繫在柔韌且不易折斷的竹子或木頭上，利用弓本身的彈力將箭射出。弓的歷史非常悠久，甚至在古代壁畫中也有描繪，作為狩獵的道具或武器使用，在古代歐洲尤其常用於騎馬戰或海戰。日本的弓稱為「和弓」，西方的弓則稱為「洋弓」。洋弓有長弓、十字弓等等，隨著國家或時代的不同而獨自進化。

長弓
Long Bow

全長150〜180cm

材質為紫杉及榆木，以使用單一素材製作為特徵。是一種需要高度訓練和強大力量才能運用自如的武器。

短弓
Short Bow

長度較長弓短的弓。據說起源於舊石器時代末期，比起投擲標槍，能夠更快、更具威力地攻擊遠處的敵人或獵物。

全長100cm以下

十字弓
Cross Bow

弓被水平安裝在台座上，藉由扣下扳機來發射箭矢。雖然裝填箭矢需要時間，但能發揮比用自己的手拉弦的弓更強大的威力。

全長80～100cm

第一章 武器與防具

決鬥之神的武器・紫衫弓

紫衫弓（Ichaival）是北歐神話中的狩獵、弓術、滑雪、決鬥之神烏勒爾（Ullr）的武器。其語源被認為是根據使用紫衫木製成的弓，或是烏勒爾居住在紫衫谷（Ýdalir）而來。在北歐神話中，據說紫衫弓能以射出一枝箭的力量射出十枝箭。紫衫木的別名為「紅豆衫」，在北海道和東北地方稱為「onko」，在愛奴語中稱為「kuneni」，意為「弓之木」。紫衫會結出紅色香甜的果實，但種子有毒，必須特別注意。

－ 投擲武器 －

投擲是指使用手等方式將物體投向遠處的行為。人類比地球上的其他生物更擅長投擲，早在有文字記錄、文獻存在的有史時代之前的先史時代，就已透過投擲來進行狩獵或戰鬥。

投擲武器包含刀劍、斧、槍、棍棒等各式各樣的種類，到了現代，手榴彈等物品也屬於投擲武器的一種。隨著時代與國家的不同，人們會依據目的開發並使用各種投擲武器。

環刃
Chakram

全長10～30cm

扁平的金屬環狀武器。金屬寬度約2～4cm，圓環外側是刀刃。除了將手指穿過內側，藉由旋轉產生的力量投擲出去之外，還有用手指夾住圓環來投擲的方法。

印加流星錘
Bola

全長70cm

在多條繩子的前端綁上球形重物的武器。據說起源於史前時代的亞洲，除了用於打擊之外，也能透過纏繞在腳上來阻止對手的行動。

機弦
Staff Sling

利用離心力投擲石塊，為了增加投石器的射程距離而強化的武器，並安裝了木柄。相較於投石器，射程距離和威力都大幅提升。

全長100～110cm

第一章 武器與防具

投石機
Catapult

以騎兵隊或城堡等建築物為目標而使用的兵器。利用木材或獸毛等材質的彈性，以及槓桿原理來投擲石塊等物體。

手裏劍
Shuriken

全長會因形狀而異

在忍者使用的忍具中，最廣為人知的應該就是手裏劍了。其形狀主要分為十字型的「平型手裏劍」和棒狀的「棒手裏劍」兩種。

37

― 鐮 ―

鐮是一種用來割草的農具，曾作為與農耕相關的考古遺物出土。雖然是農民使用的道具，但沒有刀劍的農民在起義或叛亂時也會拿來當成武器使用。在希臘神話中，新月鐮刀（Harpe）作為農耕之神克洛諾斯（Cronus）和英雄珀爾修斯（Perseus）的武器登場。然而，由於難以進行突刺、斬擊等攻擊，因此有許多意見認為在戰鬥中無法勝過劍與槍。

鎖鐮
Kusarigama

在鐮刀裝上鎖鏈和秤錘的武器。直接用秤錘砸向對手的身體，或將鎖鏈纏住對手的手腳以限制其行動，再用鐮刀進行劈砍，但需要相當熟練的技術。

大鐮
Scythe

雖然從外觀看來是很可怕的武器，但由於劈砍時必須用刀刃的內側勾住目標，因此被認為是難以使用的武器。

死神的大鐮

提到手持大鐮的形象，最先讓人聯想到的無疑就是死神吧。在遊戲或動畫中登場的死神，大多都手持這把大鐮。死神被認為是掌管生命死亡的神祇，世界各地都存在著死神的傳說。在傳說中登場的死神們，據說會收集即將死亡的人類靈魂，多半都是以手持大鐮的形象現身。相傳死神揮下大鐮時，必定會奪走某人的靈魂，若想逃過死神鐮刀的追殺，就必須獻上其他人的靈魂。

－ 鞭 －
Whips

鞭是指在棒狀的握柄前端繫上一條以皮革或麻編成的柔軟繩索，像這樣的皮鞭或繩鞭，一般稱為「一條鞭」。除此之外，也有繫上多條繩索以提高威力的九尾鞭，以及使用竹子或金屬等材質，使其具有韌性的細長棒狀或竿狀的鞭。使用方法是揮舞並擊打目標，乍看之下似乎很容易使用，但要準確命中目標需要相當熟練的技術。

第一章　武器與防具

馬鞭
Riding Whip

騎馬用的鞭子大致上可分為「短鞭」、「長鞭」、「策馬鞭」三種。短鞭用於抽打馬的肩膀，長鞭用於抽打馬的後腿或臀部，策馬鞭則能提供最大的推進力。

全長因種類而異

九尾鞭
Cat o' nine tails

將數條皮繩繫在握柄部分的鞭，繫有9條皮繩的鞭稱為九尾鞭，繫上更多皮繩的鞭稱為千條鞭，用於拷問等用途。

全長50～80cm

一條鞭
Bullwhip

將多條細皮繩束在一起編織成一條，從柄的前端延伸而成的鞭子。原本是牛仔用來驅趕牛隻的工具，但也常被使用在拷問等用途上。

全長100～120cm

39

射程武器
Ranged weapon

物體發射的起點與落點之間的水平距離稱為射程。下面介紹幾個利用人力朝目標投擲的武器。

這些武器不僅被當成武器使用，同時也是狩獵的道具。

另外也有作為兒童玩具販售的射程武器，可說是現代人十分熟悉的武器。不過，玩具在使用時有一些注意事項與限制，務必要好好遵守規則。

迴力鏢
Boomerang

全長40～80cm

形狀呈「く字形」，用力投擲出去就會旋轉飛行出去並返回手上。不過作為武器時是以擊中對手為目的，因此也有不返回手上的類型。

彈弓
Slingshot

在Y字型的本體上繃緊橡皮繩，利用橡皮的動力將金屬製的彈丸或石頭射向目標。威力會因彈丸的重量、橡皮的種類及拉伸程度等因素而有很大的差異。

吹箭
Blowgun

全長100～300cm

將箭矢插入吹筒前端，從另一端用力吹氣即可發射出去。古時候作為狩獵道具甚至隱藏武器的暗器使用。

Staff

－ 杖 －

適合手持，由細長直棒加工製成的杖，被視為「領導者或知識分子的象徵」，也常作為魔法師的道具。

杖在日語中會因稱呼方式而有不同的含義，若以訓讀念成「Tsue」時，是指作為道具的「杖」；若以音讀念成「Jou」時，則是指作為武器的「棍棒」之一。此外，西方會根據用途而改變稱呼。

權杖
Rod

基本上是長杖，可以伸縮或折疊。由於形狀呈棒狀，在日本也被拿來作為奇幻作品中「杖」的代名詞。

手杖
Staff

外觀樸素，給人簡約的印象。主要是為了實用性而製作的杖，用途是突刺或擊打，使用方式接近棒或棍等武器。

魔杖
Wand

這種魔杖即是西方古典的「魔法杖」。這是單手持握的短杖，在祭祀神明或祖先時，會使用裝飾豪華的魔杖。

第一章　武器與防具

指虎
Brass Knuckle

以強化拳頭威力為目的的武器。通常是戴在拳頭上使用。金屬製的指虎不僅能打擊對手，也可以用來破壞堅硬的物體。

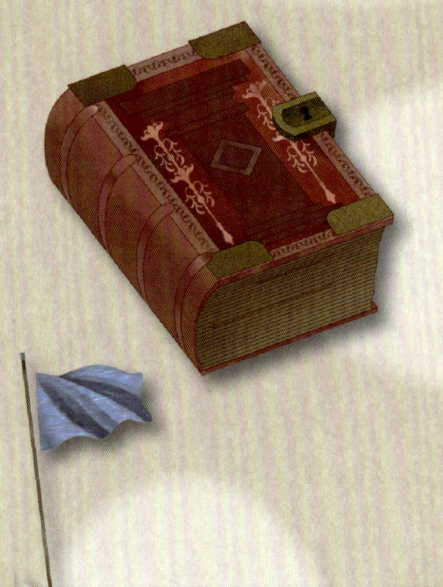

書
Grimoire

在法文中，「Grimoire」意為「魔法的書」。這是召喚惡魔或天使的黑魔法指南書，在中世紀後期到19世紀於歐洲廣為流傳。

旗
Flag

舉起旗幟可以發揮鼓舞己方的作用，但在奇幻作品或遊戲的世界中，有時也會作為武器登場，被歸類為棍棒、長槍、斧頭等。

號角
Horn

在遊戲世界裡，號角可以用來摧毀怪物、發出響徹遠方的巨大聲響，甚至作為狩獵用的道具，具有挑釁並提升仇恨值的效果等。

雷霆
Keraunos

希臘神話中，宙斯的武器即雷電本身。據說獨眼巨人（Cyclopes）賜予祂的雷霆（Keraunos）伴隨著閃耀的光芒，一擊就能毀滅世界。

絲線
Thread

用於束縛或切斷對手時使用的武器。一般的絲線強度不足，因此都是使用鋼鐵製的絲線（鋼絲）等作為武器，使用時需要高超的技術。

第一章 武器與防具

類似鐵撬的物品
Something like a crowbar

看似鐵撬的鐵製工具，實為類似鐵撬的其他物品。在某個遊戲中，類似鐵撬的物品會隨著強化變成鐵撬，再升級為曾經是鐵撬的物品。

溜溜球
Yoyo

一般的溜溜球是木製或塑膠製成，但在漫畫或動畫世界中，作為武器的溜溜球是鋼鐵等材料製作的，可以朝敵人投擲造成打擊。

鏈鋸
Chainsaw

現實生活中用於林業等領域的鏈鋸，在創作的世界中也被當成武器使用。尤其在恐怖作品中，鏈鋸作為切碎目標的兇器，是給人強烈印象的武器之一。

槍械
Gun

在槍管內引爆火藥，藉此擊發子彈的一種射擊武器。不僅虛構世界，也存在於現實世界，是能夠把射擊的對象殺死的恐怖武器。

43

- 鎧甲 -

　　戰鬥時，為了保護自己不受箭矢、刀劍、槍砲等攻擊所傷，鎧甲便成為至關重要的道具。素材從皮革、青銅、鐵等應有盡有，若是鐵製，則會加工成金屬板或鎖鏈狀，依照目的與用途施以不同的設計。與保護頭部的頭盔和其他防具成套的又稱為甲冑。鎧甲在日本、中國、西洋等不同國家和地區的形態各有不同，隨著時代演進，也會配合武器發生變化。

騎兵胸甲
Cuirassier Armor

這個專為抵禦火槍而開發的鎧甲，對於來自正面的槍擊能夠發揮出強大的防禦力，但弱點是對於從側面或後方的槍擊防禦力較低。

板甲
Plate Mail

在鎧甲形式的板甲上加裝金屬製的護肩、護膝、護胸等鎧甲的防具，因此防禦力比單純的鎖子甲更勝一籌。

第一章　武器與防具

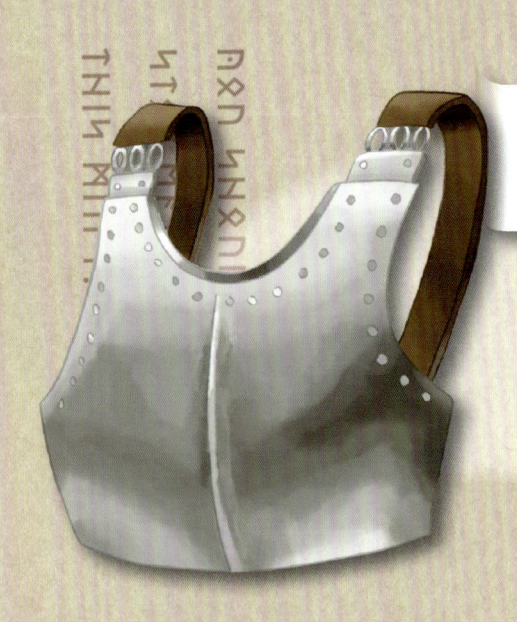

護胸甲
Bleast Plate

貼合身形的金屬護胸,能確實保護心臟等要害的鎧甲。雖會降低手腳的防禦力,但不會妨礙手腳的動作,能夠發揮機動力。

半身甲
Half Armor

戰術重心轉移至槍械的16世紀後最具代表性的鎧甲。專為步兵打造,以重視機動性為目的而開發。並非覆蓋全身,如字面所示,只是保護軀幹的防具。

亞麻胸甲
Linen Cuirass

古希臘使用的亞麻布製鎧甲。為了減輕保護軀幹前後的青銅製胸甲的重量，使用了以明膠（animal glue）這種黏著劑固定的布製作而成。

布面鐵甲
Brigandine

這是在皮革製的衣服內側緊密地釘上金屬片以提高強度的鎧甲。從12世紀末到17世紀這段期間被製造出來，深受步兵等兵種的喜愛。

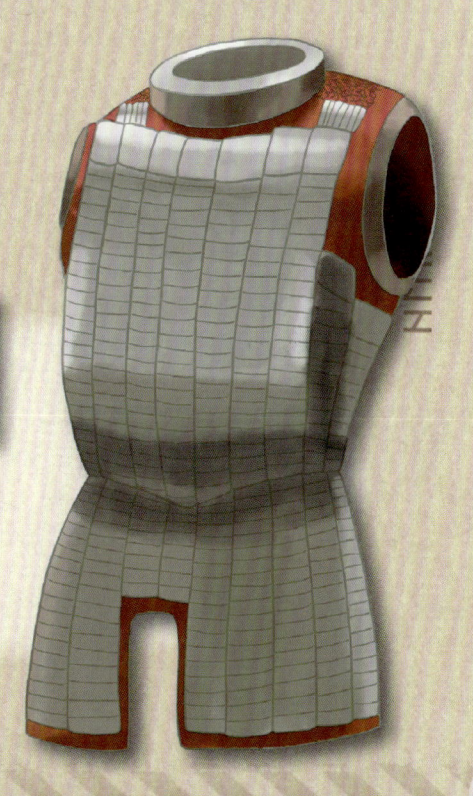

第一章　武器與防具

布甲
Cloth Armor

由於是布製的鎧甲，無法指望能對刀劍等武器的斬擊或突刺攻擊發揮多少效果，但具有緩減打擊衝擊的效果。

鱗甲
Scale Armor

「Scale」是鱗片的意思，這是用鉚釘將金屬片或皮革以鱗狀固定的鎧甲。儘管防禦力不高，但由於具有柔軟性，即使穿在身上，行動也很方便。

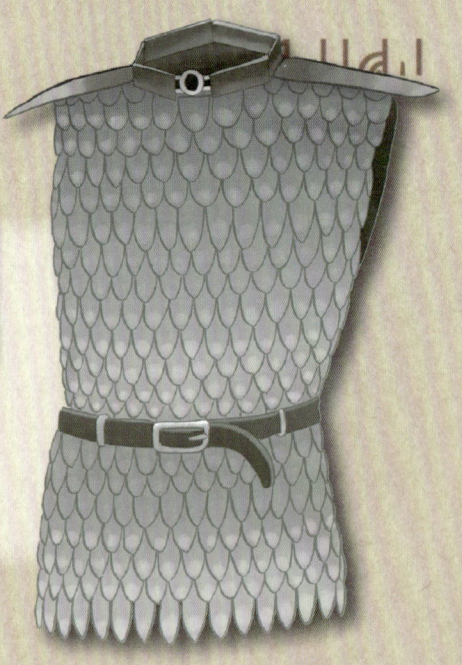

鎖子甲
Chain Mail

這種鎧甲是以細長的鋼絲（鋼鐵絲線）環環相扣製成衣服的形狀，在日本稱為鎖帷子，通常會穿在其他鎧甲之下作為內襯。

第一章 武器與防具

Shield

- 盾 -

　　用來抵禦刀劍的斬擊或突刺、鈍器的打擊，至箭矢或槍彈等攻擊的防具。除了手持的小型「持盾」外，還有設置在陣地周圍的「置盾」。材質包括木製、皮革製、鐵製等，並會隨著時代演變而使用不同的材料來製作。

　　另外盾的造型也有分成圓盾、四角盾、長方盾等等，各種盾的大小、形狀也各不相同。為了因應攻擊武器的變化，保護身體的防具也隨之不斷地進化。

圓盾
Round Shield

形狀為完美圓形的圓盾。中央有名為「Umbo」或「Orb」的金屬圓形裝置。為了能夠握住安裝在背面的把手，圓形裝置的內部是空心的。

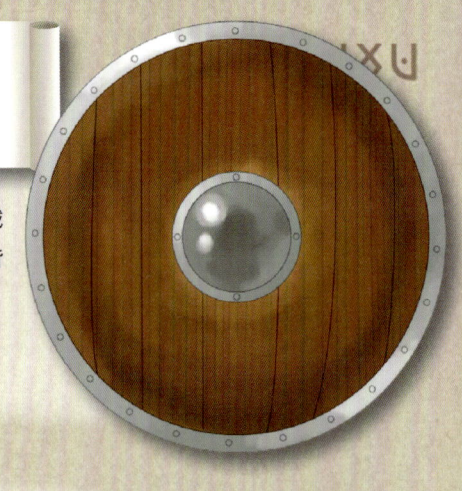

阿斯庇斯盾
Aspis

古希臘等地使用的青銅製圓盾。其特徵是盾牌前方中央裝有名為「Omphaloi」的圓錐狀突起，為歷史悠久的防具之一。

霍普隆盾
Hoplon

古希臘的步兵們裝備的圓形盾牌，讓步兵們能夠組成密集的隊形進行戰鬥。直徑約有1m，後來經過輕量化而縮減至約60cm。

佩爾塔盾
Pelta

古希臘使用的新月型盾牌。由於重量輕，對身體的負擔較小，因此被視為輕裝士兵的重要防具。使用這種盾牌的部隊後來被稱為「佩爾塔兵（Peltast）」。

鳶形盾
Kite Shield

上圓下尖，形似西洋風箏的盾牌。主要由騎馬的士兵使用。由於可以牢牢固定在手臂等處，因此能發揮極高的防禦力。

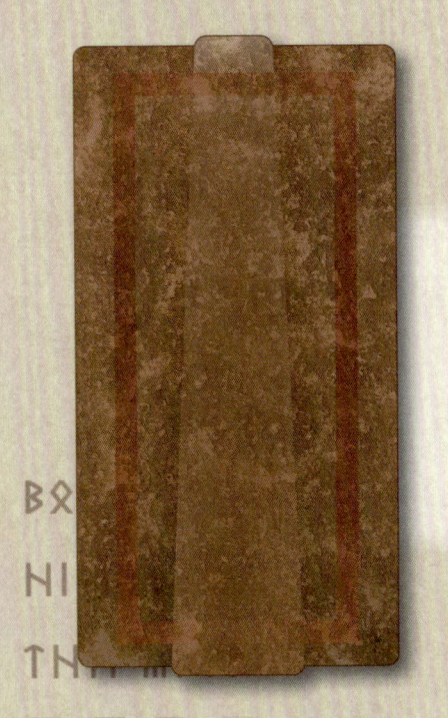

帕維斯盾
Pavis

長方形固定式的大型盾牌，作為弓兵等兵種使用的防禦盾，於歐洲廣泛使用。弓兵可以藏身在這種盾牌後面準備射箭並進行攻擊。

斯庫圖姆盾
Scutum

形狀隨著時代改變，橢圓形或長方形的盾牌。古羅馬時代的羅馬軍團士兵會將這種盾牌高舉過頭，組成密集的隊形來進行攻城戰。

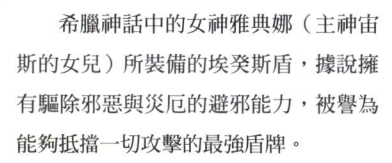

第一章　武器與防具

埃癸斯盾

　　希臘神話中的女神雅典娜（主神宙斯的女兒）所裝備的埃癸斯盾，據說擁有驅除邪惡與災厄的避邪能力，被譽為能夠抵擋一切攻擊的最強盾牌。

　　此外，盾牌中央鑲有英雄珀爾修斯獻上的梅杜莎首級，凡是看到盾牌的人都會遭到石化，可說是十分可怕的武器。埃癸斯的英語為「Aegis」，日本人或許對這個名字比較耳熟能詳，因為日本海上自衛隊所引進的神盾艦就是以此來命名。

53

頭盔

人與人交戰時，最容易被攻擊的部位就是頭部。因為一旦引起腦震盪便會喪失行動能力，這在戰場上意味著死亡。此外，弓箭的遠距離攻擊也經常瞄準頭部，使得保護這個部位的頭盔就成為舉足輕重的防具。最早的頭盔是用動物的皮加工而成，後來隨著金屬加工技術的發展，才逐漸演變成金屬製的頭盔。17世紀後，隨著槍械發展，金屬製的頭盔也因為和金屬製的鎧甲一樣會妨礙行動而逐漸被淘汰。

十字軍頭盔
Great helm

誕生於12世紀後期，14世紀之前於歐洲廣泛使用的頭盔。由數片彎曲的金屬板拼接而成，特徵是外觀有如水桶或直筒鍋一般。

中頭盔
Bascinet

特徵是臉部呈圓錐狀突出一種名為Hounskull（犬面）、有如鳥喙的護具，能有效防禦來自前方的攻擊。臉部也可以向上掀起。

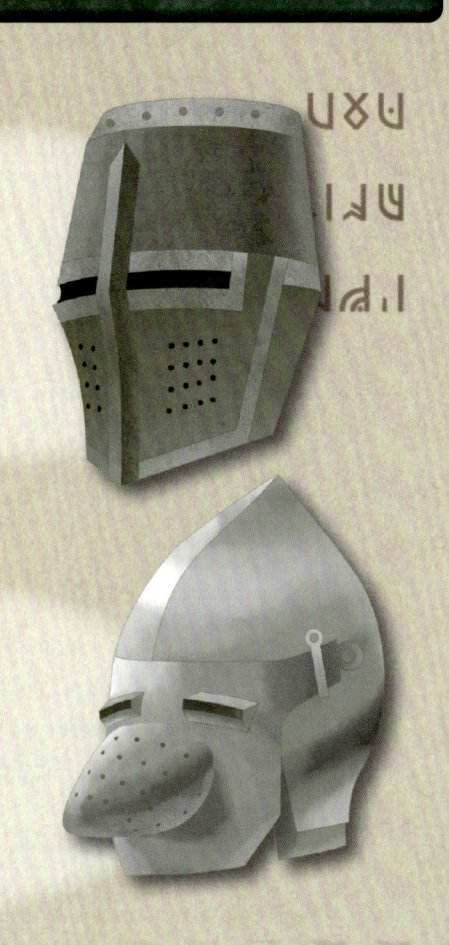

斯潘根頭盔
Spangen helm

斯基泰人的頭盔，據信於6世紀左右傳入歐洲。先製作外框（Spangen），再將分割的缽狀金屬板固定在內。維京人的頭盔也屬於相同系統。

阿梅特頭盔
Armet

15～16世紀的主流頭盔，由中頭盔改良而來。完整包覆頸部的設計，可說是當時防禦力最高的頭盔。在臉部大大敞開的狀態下進行穿脫，而非從頭部套入。

壺形盔
Kettle hat

形狀像帽子的頭盔，能有效抵禦箭矢和騎士來自頭上的攻擊，與正式的頭盔相比，價格低廉易於維護，因此從12世紀開始便在整個歐洲普及。

第一章　武器與防具

戒指
Ring
在奇幻作品中，經常被描述為重要元素的物品之一。

項鍊
Necklace
配戴在頸部的裝飾品，根據長度不同有「Choker」、「Princess」等5種類型。

耳環
Earrings
在英語的說法中，耳環（Piercing）與耳夾（Earrings）沒有區別，一律稱為Earrings。

手鐲
Bangle
自古代美索不達米亞時代開始，統治階級之間就會配戴鑲有寶石的手鐲。

皮帶
Belt
有一種說法認為皮帶是從古希臘時代名為「Balteus」的武具演變而來。

面具
Musk
在西元前1世紀左右，為了保護羅馬礦山的工人免受氧化鉛的粉塵侵害而製作。

鞋子
Shoes
世界上最古老的皮鞋是2008年出土於亞美尼亞，製作於西元前3500年左右。

第二章

幻獸與怪物

奇幻作品中的角色們

奇幻作品中有許多魔物、妖獸、妖精、巨人和亞人種登場。

●龍

　　第一個登場的最具代表性怪物，應該沒有比龍更適合的吧。雖然形狀和設定千變萬化，但「擁有強大力量的爬蟲類大型生物」這個印象幾乎是共通的。原本龍和蛇被認為是同一種生物，在希臘語中稱為「draco」，但到了中世紀以後，長有翅膀、手腳、爪子的形象逐漸確立，開始接近現代的形象。與西方的龍不同，東方的龍被神化，大多被視為應該信仰的神明象徵。

●巨人

　　在各種奇幻作品、神話和傳說中，身材高大且體型龐大的巨人可說是經常登場的人型生物。不僅希臘神話、北歐神話、舊約聖經等神話，日本也有大太法師等巨人傳說。在奇幻作品中，特別常見的有以石頭或磚塊構成的魔像（Golem）、毛茸茸的巨怪（Troll），以及在希臘神話中登場的獨眼巨人（Cyclops）等。

● 小人

　奇幻世界中常見的小人，最令人印象深刻的應該是電影《魔戒三部曲》（原作為《魔戒》）中大為活躍的哈比人與矮人吧。他們多半被描述成擁有強烈的正義感、掌握特殊的技術，或是身材矮小卻力大無窮這類個性鮮明的角色。不過，也有像哥布林那樣外表詭異，對人類造成危害的小人。

● 亞人種

　同樣在《魔戒三部曲》中活躍的精靈，在電影中被塑造成美麗的妖精。精靈源自北歐神話，在歐洲大部分地區都流傳著相關的傳說。精靈被描寫成長壽且接近神的存在，這個形象在《魔戒》中確立，或許可以說是透過電影進一步在現代廣為流傳。

● 怪物

　科學怪人、吸血鬼德古拉、木乃伊等都是最經典的怪物。這些從小說或電影中誕生的角色，即使到了現代，仍在奇幻作品中活躍。近年來除了這些怪物之外，因傳染病等原因而行動的屍體，在失去理性的情況下追逐並捕食生物，這類名為喪屍的怪物也相當受歡迎。影集《陰屍路》系列更成為全球熱播之作。

　在第二章中，也有許多不屬於這些類別的角色登場。

第二章　幻獸與怪物

59

龍
Dragons

龍
Dragon

如馬般的長臉、如鹿般的角、如蛇般的鱗片，以及如蝙蝠般的翅膀，擁有以上特徵的怪物之王。手腳各有兩隻，棲息在地下洞穴裡守護財寶，能夠噴吐火焰。

飛龍
Wyvern

擁有類似中生代翼龍的翅膀和兩隻腳，以及箭頭狀尾巴的一種龍。通常會加上不會噴火這類比龍還要弱的設定。

那伽
Nāga

印度神話中登場的蛇之精靈或蛇神。印度將存在於當地的眼鏡蛇奉為神祇，相傳擁有操控天氣的力量。在佛教中被視為龍王。

九頭蛇
Hydra

希臘神話中登場的魔物，擁有失去後仍會再生的9個頭，以及連神都能殺死的劇毒。被希臘神話中的大英雄海克力士擊敗。本書由於構圖的關係只畫了3個頭。

東方的龍
Ryu

東方的龍是以蛇為原型，中國的龍有5根爪子，日本的龍則是3根爪子。與水有淵源，據說能夠控制降雨、颱風、洪水。

第二章 幻獸與怪物

Sea Creatures
－ 棲息於海中的怪物 －

利維坦
Reviatan

源自舊約聖經的海中之龍。擁有像蛇或鰻魚一樣的細長身體，以及堅硬的鱗片。能夠噴火，魚鰭和尾巴的形狀像魚。

克拉肯
Kraken

近代流傳於挪威的海中怪物，有著襲擊船隻的章魚或烏賊的形象。一般認為是以巨大的大王烏賊為原型。

人魚
Marmaid

上半身是美麗的女性，下半身是魚的人魚。以美妙的歌聲使船隻沉沒的形象，一般認為是源自希臘神話中的賽蓮（Siren）。

斯庫拉
Scylla

於希臘神話和《奧德賽》中登場。上半身是美麗的女性，腰部長出狗的前半身，下半身是魚。在陶器畫中有時會描繪成手持劍的形象。

達貢
Dagon

上半身是魚的半人半魚怪物。作為惡魔的達貢被視為掌管地獄麵包的製造與管理的存在。為起源於幼發拉底河中游地區的神祇。

變得超級巨大，乘著龍捲風而來，增生頭部，或與其他怪物合體，出現在各種地方捕食人類。

鯊魚
Shark

第二章　幻獸與怪物

63

Flying Creatures
－ 在天空飛翔的怪物 －

天馬
Pegasus

於希臘神話中登場的白馬,擁有鳥類的翅膀,能在空中飛翔。為海神波賽頓與蛇髮女妖梅杜莎之子,從梅杜莎的血液中誕生。

雷鳥
Thunderbird

外形像巨大的老鷹,能夠自由自在地降下雷電,是美洲原住民傳說與神話中登場的雷之精靈和神鳥。據說其巨大的翅膀展開來約有兩艘獨木舟那麼長。

哈比
Harpuiai

希臘神話中登場，擁有女性頭部的鳥形怪物。外型醜陋，會偷竊人類的食物或綁架人類，但最近常被描繪成美麗的形象。

第二章　幻獸與怪物

獅鷲
Grifin

上半身是猛禽類，下半身是獅子的怪物，自古以來就出現在許多故事當中。棲息於高山等地，據說其巢穴囤積了大量的黃金。

拉彌亞
Lamia

原本是一位美麗的女性,相傳因為與希臘神話中的宙斯偷情,導致孩子遭到宙斯的妻子赫拉(Hera)殺害,由於過於悲傷,最終變成殺害他人孩子的怪物。

艾奇德娜
Echidna

上半身是美女,下半身是蛇的怪物,據說牠生下了堤豐、九頭蛇、地獄犬、奇美拉等許多希臘神話中登場的怪物。

戈爾貢
Gorgon

全身覆蓋著金黃色鱗片，頭髮是蛇，有翅膀，長著如山豬般的尖銳獠牙，於希臘神話中登場的怪物。擁有讓與牠對視的人變成石頭的力量。

第二章　幻獸與怪物

巴西利斯克
Basilisk

中世紀歐洲傳說中的毒蛇。據說全身所有部位都有劇毒，光是看一眼就會致人於死，或是遭到石化。有傳說指出鼬鼠的臭味是牠的弱點。

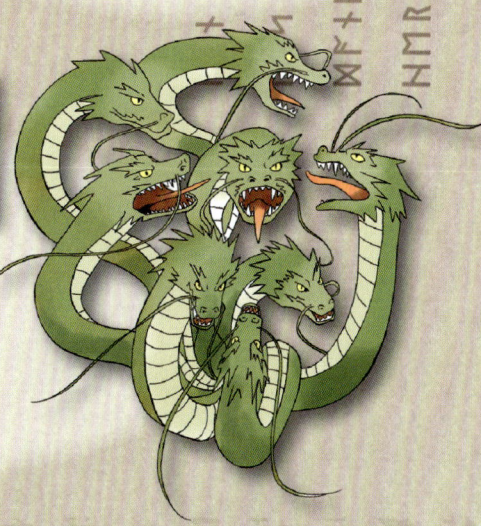

八岐大蛇
Yamata no orochi

日本神話中登場的龍形怪物，擁有8個頭和8條尾巴。日本的主神天照大神之弟素戔嗚尊將牠灌醉後斬殺，從牠的尾巴中取出的劍，就是三神器之一的天叢雲劍（草薙劍）。

天使
Angel

於猶太、基督教、伊斯蘭教聖典中登場的神之使者。作為神的傳令，負責將神諭傳達給人類。4世紀後才被描繪成有翅膀的天使。

高位天使
Seraph

位階較低的天使外形接近人類，但高位天使就如同插圖中的熾天使（Seraph）一樣。天使的位階（Hierarchy）愈高愈接近神，樣貌與人類相去甚遠。

貝希摩斯
Behemoth

於猶太、基督教、伊斯蘭教的聖典中登場，神所創造出來的存在。相對於海中的利維坦，被視為陸地之王。作為惡魔被描繪成大象或犀牛的形象。

格倫戴爾
Grendel

英國傳說《貝奧武夫》中登場的巨人怪物。由於劍等利刃武器無法貫穿牠的身體，因此英雄貝奧武夫一開始是赤手空拳與之搏鬥，最終用一把名為弗爾汀（Hrunting）的劍斬下牠的首級。

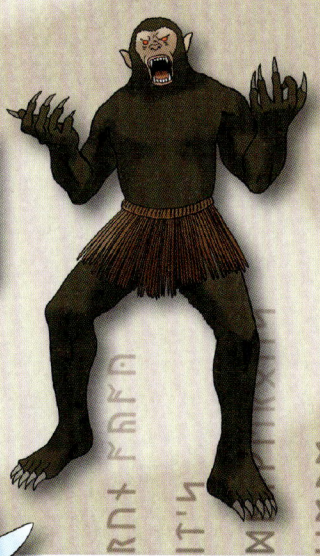

撒旦
Satan

高位天使中地位最高的天使長路西法（Lucifer），因為背叛神而墮落為惡魔，成為地獄之主。據說牠有七個戴著王冠的頭和十隻角。

第二章　幻獸與怪物

奇美拉
Chimera

希臘神話中登場的怪物,擁有獅子的頭、山羊的身體、蛇的尾巴,據說能口吐烈焰。牠也是混合不同生物的「嵌合體(Chimera)」的語源。

植物羊
Barometz

這種植物到了收穫季節會結出果實,只要採收下來剖開,就能收穫帶有血肉和骨頭的羔羊。事實上,這是不知道木棉是植物纖維的人誤以為是能產出羊毛的樹。

蠍獅
Manticore

是在中東波斯（現在的伊朗）的傳說中，擁有人面獅身和蠍子尾巴的合成獸。據說牠的智慧極高，甚至會捕食人類。

第二章　幻獸與怪物

狼人
Werewolf

歐洲各地流傳以雙腳行走的獸人，其中最著名的當屬狼人。據說白天是人類，到了晚上就會變身成狼人。受到20世紀電影的影響，銀製子彈被認為是狼人的弱點。

71

幽靈 — Ghosts

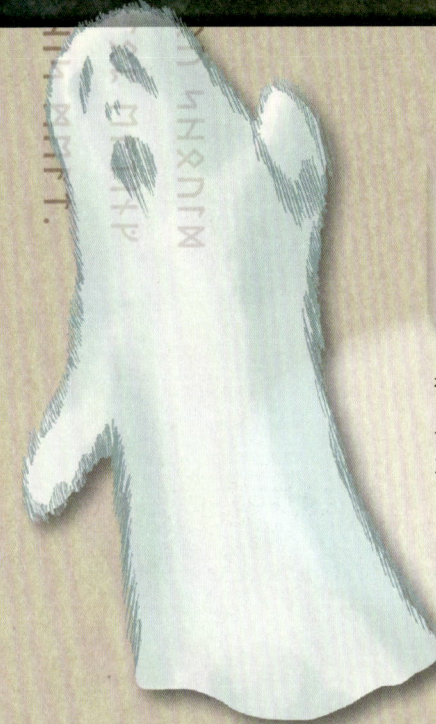

鬼魂
Ghost

被稱為幽靈或亡靈的存在，不具實體，會奪取人類的生命力。被鬼魂殺死的人也會化為鬼魂並攻擊其他人類。

散發青白色光芒的飄浮球體或者火球。據說是犯下罪孽之人或未受洗孩子的靈魂在徘徊。常出沒於夜晚的湖泊、沼澤附近或墓園等地。

鬼火
Will-O'-the-wisp

幽靈
Wraith

和鬼魂一樣沒有實體，也有人說是魔法使透過魔法捨棄肉體變化而成的存在。擁有生前的記憶與知識，有時也會給人建議。

史萊姆
Slime

沒有固定形狀的怪物，會憑藉本能攻擊人類。在日本因遊戲給人的印象而被視為弱小的存在，但身體柔軟，攻擊難以命中，還會讓金屬武器生鏽。

第二章　幻獸與怪物

報喪女妖
Banshee

源自蘇格蘭與愛爾蘭傳說，據說能預知人類死亡的妖精。僅僅是預知，而非帶來死亡，是一種只會哭泣的無害妖精。

芭芭雅嘎
Baba Yaga

出現在斯拉夫民間故事中，住在森林裡的魔女。外表是骨瘦如柴的老婆婆形象，在民間故事中，大多是以帶走小孩並且吃掉他們的反派角色為設定登場。

吸血鬼
Vampire

在世界各地的神話與民間故事中登場，以吸食人血為生的怪物。在傳說中，陽光、銀製武器、十字架等被視為吸血鬼的弱點，在某些作品中會變身為蝙蝠或狼等生物。

第二章　幻獸與怪物

- 亡者 - Undead

喪屍
Zombie

在恐怖作品中常見的喪屍，是指以屍體狀態復活的人類。起源是西非的巫毒教祭司透過咒術使其復活的「被奴役的屍體」。

科學怪人
Frankenstein's monster

英國小說家瑪麗・雪萊（Mary Shelley）的小說《科學怪人》中登場的怪物，科學家維克多・法蘭克斯坦利（Victor Frankenstein）所創造的人造人原本並沒有名字。

木乃伊
Mummy

以木乃伊狀態的屍體為原型的不死怪物，全身裹著髒兮兮的繃帶，給人一種毛骨悚然的印象。屬於乾燥型喪屍，火焰有時被視為牠的弱點。

殭屍
Jiangshi

殭屍可說是中國版的喪屍，因為死後僵硬，所以動作顯得僵硬不協調。雖然是屍體，但不會腐爛，這是其特色之一。

骷髏人
Skeleton

四處活動的骸骨戰士，接續希臘神話的「地生人（Spartoi）」後面登場的怪物。據說除非將每一根骨頭打碎，否則無法消滅，可說是極其頑強的存在。

第二章　幻獸與怪物

食人魔
Ogre

在北歐被認為是性格粗暴的怪物，會若無其事地做出殘酷行為。據說會生吃人肉，但也有膽小懦弱的一面。女食人魔稱為「Ogress」。

食屍鬼
Ghoul

出現在阿拉伯傳說中的一種怪物。居住在沙漠，女食屍鬼稱為「Ghulah」。食屍鬼會挖掘墳墓吃掉屍體，有時也會襲擊並吃掉小孩。

地精
Gnome

地、水、火、風四大元素中掌管「地」的妖精，身高約12cm的小矮人。主要生活在地底，據說能以驚人的速度在地底移動。

哥布林
Goblin

棲息於森林等地，偶爾會出現在人類居住的地方作惡的妖精。在歐洲的傳說中登場，有時會若無其事地致人類於死地。

第二章　幻獸與怪物

- 巨人 -

獨眼巨人
Cyclops

Cyclops 是希臘語「Κύκλωψ」的英語發音。擁有卓越鍛造技術的獨眼巨人，是天空神烏拉諾斯（Uranus）和大地女神蓋亞（Gaia）所生的孩子們。

泰坦
Titan

在希臘神話中登場，擁有巨大身軀的眾神。在與宙斯率領的奧林帕斯眾神的戰爭中落敗，被囚禁於位於冥界深處的塔爾塔羅斯（Tartarus）。

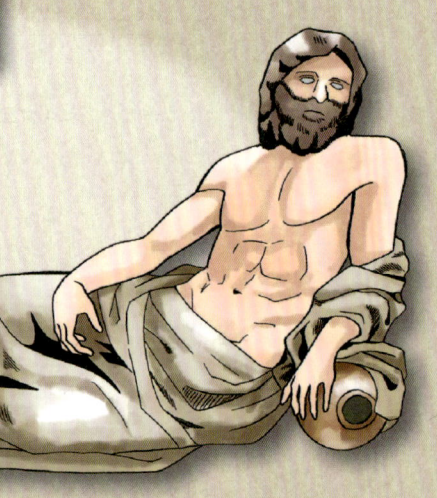

魔像
Golem

魔像是能夠自主行動的泥偶，於猶太教的傳說中登場。只會忠實執行創造自己的人所下的命令，若不遵守限制或條件就會陷入狂暴。

山怪巨魔
Troll

北歐國家傳說中登場的一種妖精，起初被描繪成毛茸茸的巨人，後來被描繪成矮小的形象。據說擁有變身的能力。

第二章　幻獸與怪物

半人馬
Centaur

半人馬的上半身為人類,下半身是馬的頸部以下的軀幹,為希臘神話中登場的半獸種族。主要武器為長矛和弓箭等,以不死聞名。

寧芙
Nymph

Nymph 為希臘語「$νύμφη$」的英語發音。這種棲息於山川森林等地的守護精靈,是以女性的形象現身,喜歡唱歌跳舞,擁有令花朵綻放或治癒疾病等能力,因此受到人們的崇拜。

地獄三頭犬
Kerberos

冥府之神黑帝斯（Hades）忠心的看門犬，擁有3個頭和蛇（龍）的尾巴，脖子上盤繞著無數毒蛇，3個頭會輪流睡覺。

第二章　幻獸與怪物

阿剌克涅
Arachne

出現在希臘神話中，紡織技藝精湛的女性。據說曾與紡織女神雅典娜比試技藝，其後被雅典娜變成了蜘蛛，以這樣的姿態繼續活在世上。

北歐神話中洛基的孩子們
Loki's children

耶夢加得
Jormungand

耶夢加得又名米德加特大蟲（Miðgarðsormr），形象為巨大的蛇，在某些神話中擁有手臂和角。被主神奧丁遺棄至人間後，成長為巨大的體型。

芬里爾
Fenrir

邪神洛基之子，形象為巨狼的怪物。能從口中吐出火焰，個性兇暴，但據說也擁有能夠說話的智慧。

赫爾
Hel

赫爾是冥界的統治者，在北歐神話中是唯一擁有讓死者復活的能力與權利的女神，與耶夢加得和芬里爾為同胞兄妹。

斯雷普尼爾
Sleipnir

北歐神話的主神奧丁所騎乘的馬，擁有八隻腳，因此速度凌駕於所有馬匹之上，並具備自由馳騁於所有世界的能力。

第二章 幻獸與怪物

－魔戒中常見的種族－

精靈
Elf

在歐洲國家的傳說中，精靈被分為「光明精靈」與「黑暗精靈」。在奇幻故事中多半以又長又尖的耳朵作為其特徵。

矮人
Dwarf

經常出現在奇幻作品中，格林童話《白雪公主》的七個小矮人也很有名。擁有高度的鍛造技術，男性的特徵是蓄著長長的鬍鬚。

半獸人
Orc 或 Ork

與人類不同的虛構種族，大多設定為魔王或邪惡魔法師的手下；多半負責阻擋主角或正義的一方的去路。

強獸人
Uruk-hai

在《魔戒》中登場的亞人種，為半獸人的上位種。據說體型與人類相當，最大的特徵是擁有怪力，能夠承受陽光照射。

第二章 幻獸與怪物

－魔戒中常見的種族－

樹人
Ent

在《魔戒》等作品中登場的精靈一族，擁有極長壽命，保護森林免受其他種族侵害。外觀如同樹木，基本上喜歡平穩的生活。

哈比人
Hobbit

哈比人熱愛和平、食物和抽菸更甚一切，因此體型通常相當肥胖，居住於虛構世界中的中土大陸。視力良好，擅長投擲石頭與使用弓箭。

邁雅
Maiar

在小說《魔戒》與《精靈寶鑽（The Silmarillion）》中登場的種族。是天使般存在的埃努（Ainur）的僕人和顧問，協助祂一同塑造世界。

戒靈
Ringwraith

戒靈是「戒指（nazg）之幽鬼（gul）」的意思，為小說《魔戒》中登場的9個怪物。牠們奉主人之命四處追尋魔戒，襲擊與之敵對的人類和精靈。

第二章　幻獸與怪物

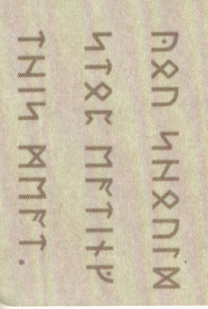

獨角獸
Unicorn

有兇猛強壯、像山一樣高大的獨角獸，也有小到可以放在女性大腿上的獨角獸。最早的紀載是在西元前 4 世紀後半，希臘醫生兼歷史學家於《印度誌》一書中提到的。

擬態怪
Mimic

偽裝成寶箱等物品襲擊人類的怪物，「Mimic」這個單字是「模仿」、「偽裝」的意思。RPG 遊戲中常出現這種怪物，相信有不少玩家都曾吃過牠的苦頭。

比斯克拉夫雷特
Bisclaveret

比斯克拉夫雷特是瑪麗・德・法蘭西的詩（Lais of Marie de France）其中一篇登場的狼男。只要有衣服就能變回人類，但由於妻子的背叛，導致有一段時間維持狼人的樣貌。

杜拉漢
Dullahan

愛爾蘭地區流傳的妖精，外表是沒有頭部的軀幹，也就是所謂的「無頭騎士」。杜拉漢會預言死亡並實際執行，騎著馬將斬下的首級抱在手上或胸前。

第二章　幻獸與怪物

列布拉康
Leprechaun

「列布拉康」這個名字的意思是小小的身軀，為出現在愛爾蘭傳說中的妖精，拿著裝有金幣的壺。一旦移開視線，牠就會惡作劇，隨後大笑消失不見。

凱爾派
Kelpie 或 Kelpy

外型像馬的妖精，喜歡吃人肉，會使用與水有關的魔法。棲息於蘇格蘭地區的水邊，引誘人類靠近使其溺斃。

貓妖精
Cait Sith

像人類一樣用雙腳走路，說著人類的語言，還會使用魔法的貓形妖精。多為體型和狗差不多大小的黑貓，其中也有以虎斑貓或花斑貓形象現身的貓妖精。

森林仙女
Dryad

複數的英語為「Dryas」，是希臘神話中登場的樹木精靈。鮮少在人前現身，有著美麗少女的外貌，會將她誘惑的俊美男性或少年拖進樹裡。

第二章　幻獸與怪物

皮克西
Pixie

雖為身體透明的妖精，但只要將四葉幸運草放在頭上，就能讓人類看見自己的身影。會引發騷靈現象來懲罰懶惰之人。

狗頭人
Kobold

原本是出現在德國民間傳說中的妖精。在一些傳說的地區，似乎被認為是山或大地的守護神；另外，金屬元素「鈷」的名稱也是由此而來。

棕精靈
Brownie

俗稱「幫手妖精」的溫順善良妖精。寄居在家中，趁住戶外出或睡覺的時候幫忙打掃等家務，讓房子保持乾淨。

火星人
Martian

被認為居住在地球外側的火星上，虛構的外星智慧生命體。在大多數人的印象中，這種生物有著大大的頭和像章魚一樣的細長手腳。

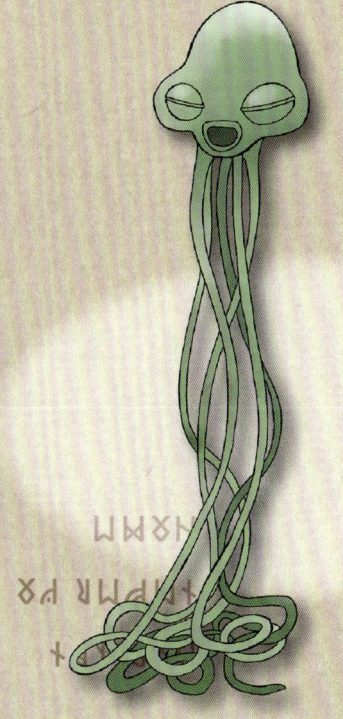

第二章　幻獸與怪物

所羅門王召喚的72柱惡魔

歌耶提亞的惡魔

　　從17世紀流傳下來，託名由所羅門所編寫的五本魔法書合集《所羅門的小鑰匙（Lemegeton）》（作者不明），其第一部《歌耶提亞（Goetia）》中記載了召喚所羅門王使役的72柱惡魔，以實現各種願望的步驟。書中除了72柱惡魔的性格、外表、特徵之外，也記載了魔法陣的繪製方式。與1818年出版的《地獄辭典》（Jacques Collin de Plancy 著）同為惡魔學的原始典籍。

1	巴力（Bael）	2	阿加雷斯（Agares）	3	瓦薩戈（Vassago）	4	加米基恩（Gamigin）
5	馬爾巴斯（Marbas）	6	瓦雷弗爾（Valefar）	7	亞蒙（Amon）	8	巴爾巴托斯（Barbatos）
9	派蒙（Paimon）	10	布耶爾（Buer）	11	古西翁（Gusoin）	12	西特里（Sitri）
13	貝雷托（Beleth）	14	雷拉傑（Leraye）	15	埃力格斯（Eligos）	16	澤巴爾（Zepar）
17	博提斯（Botis）	18	巴汀（Bathin）	19	薩雷歐斯（Saleos）	20	普爾森（Purson）
21	摩拉克斯（Morax）	22	伊波斯（Ipos）	23	艾姆（Aim）	24	納貝里烏斯（Naberius）
25	格拉夏拉波拉斯（Glasyalabolas）	26	布涅（Bune）	27	羅諾威（Ronobe）	28	貝里特（Berith）
29	阿斯塔羅斯（Astaroth）	30	佛鈕斯（Forneus）	31	佛拉斯（Foras）	32	阿斯莫戴（Asmoday）
33	加普（Gaap）	34	弗爾弗爾（Furfur）	35	馬爾可西亞斯（Marchosias）	36	斯特拉斯（Stolas）
37	菲尼克斯（Phœnix）	38	哈爾法斯（Halphas）	39	馬爾法斯（Malphas）	40	勞姆（Raum）
41	佛卡洛爾（Focalor）	42	威巴爾（Vepar）	43	薩布納克（Sabnach）	44	沙克斯（Shax）
45	維涅（Vine）	46	比夫隆斯（Bifrons）	47	烏瓦爾（Vual）	48	哈根提（Haagenti）
49	克羅克爾（Crocell）	50	弗爾卡斯（Furcas）	51	巴拉姆（Balam）	52	阿羅凱爾（Alloces）
53	蓋姆（Caim）	54	姆爾姆爾（Murmur）	55	歐羅巴斯（Orobas）	56	格雷莫里（Gemory）
57	歐賽（Ose）	58	亞米（Amy）	59	歐利亞斯（Orias）	60	瓦普拉（Vapula）
61	薩岡（Zagan）	62	瓦拉克（Valac）	63	安德拉斯（Andras）	64	弗勞羅斯（Flauros）
65	安德列亞爾弗斯（Andrealphus）	66	奇馬里斯（Cimeries）	67	阿姆杜司基亞斯（Amduscias）	68	貝里亞爾（Belial）
69	德卡拉比亞（Decarabia）	70	賽雷（Seere）	71	丹達利翁（Dantalion）	72	安德羅馬利烏斯（Andromalius）

第三章

神話與術式

神話是奇幻故事不可或缺的要素

據說日本全國的神社數量約有8萬座，相較之下，便利商店的數量約有5萬6千家，可見神社的數量遠比便利商店還要多上很多。神社的數量之所以會這麼多，或許是因為日本神話對日本人而言相當貼近生活。

日本的學校會在課堂上教授《古事記》和《日本書紀》的內容，日本人有煩惱時也會前往神社參拜。

當然，並非只有日本才有神話，也有像希臘神話和北歐神話那樣作為奇幻世界題材的故事。神話大致分為創世神話、諸神神話和英雄神話三種類型。創世神話主要記載事物的起源，包括世界起源神話、人類起源神話和文化起源神話，這些故事描述了太陽、月亮、天地是如何創造出來的。在日本神話中，伊邪那岐和伊邪那美創造大地的故事就屬於世界起源神話。

在人類起源神話中，可以看見動物當中只有人類成為特別存在的故事。像是學會說話、懂得用火等，將人類和其他動物區分開來，建立出一種秩序。

諸神神話和英雄神話則充滿了

戲劇性。尤其在文明發達的地方，比起創世神話，諸神和英雄的故事往往更加豐富。例如在希臘神話中，諸神的英雄故事就占了絕大多數的篇幅。

　　許多神話都有共通的主題。以毀滅性情節展開的，是以諾亞方舟為代表，大地被洪水淹沒，只有部分人類倖存的故事。這類洪水相關的神話也有幾種模式，從海底帶回泥土的世界起源神話與洪水結合的模式；因眾神爭鬥而引發洪水，導致人類滅亡的模式；神祇引發洪水作為懲罰，毀滅人類的模式等。像這類洪水神話十分常見。

　　奇幻故事中經常可以看到以這類諸神的故事為題材的角色或劇情，擁有超自然力量的諸神與怪物們展開的故事，無疑是奇幻故事魅力的一大要素。

第三章　神話與術式

Greek mythology
希臘神話

從「世界的起源」到「英雄的故事」

　　宙斯與海克力士等希臘神話的諸神與英雄的名字，想必大家都耳熟能詳。如今在世界各地流傳的希臘神話，其中的諸神與英雄的故事，最早是從西元前約15世紀開始以口耳相傳的形式流傳下來；到了西元前8世紀左右，誕生了以腓尼基字母為基礎的古希臘文字，希臘神話便以這種文字記錄下來，後來由羅馬的詩人和文學家以拉丁文記述。

　　希臘神話大致上可分為「世界的起源」、「諸神的故事」、「英雄的故事」三大類別。「世界的起源」正是關於世界起源的故事，篇幅相對較短。「諸神的故事」前半段與「世界的起源」有關，後半段則與「英雄的故事」有關，描述的是在人類的命運背後，諸神的各種活動與想法，展現出希臘神話特有的敘事深度。「英雄的故事」篇幅最長，許多廣為人知的希臘神話軼事大多都包含在這個部分。

　　古希臘的王室或名門望族，為了給自己的家族帶來權威，常將諸神或古代傳說中的英雄作為祖先納入族譜當中，但傳到後代子孫時，往往變成只剩名字羅列而沒有任何事蹟。類似情況似乎也適用於日本的《古事記》和《日本書紀》等。

羅馬神話

融入希臘神話設定的羅馬神話

在西元前2世紀征服希臘後，古羅馬神話大量融入希臘神話的設定。包括希臘神話原始典籍在內的文學或哲學，都被翻譯成拉丁文供古羅馬人使用，這使得希臘神話的諸神幾乎都有拉丁文的名字，例如希臘神話的宙斯，在羅馬神話中被稱為朱比特（Jupiter）。

作為羅馬神話的原創故事，相傳在特洛伊戰爭中戰敗後，年輕將領艾尼亞斯（Aeneas）從特洛伊（現在的土耳其西岸）逃亡，他奉朱比特之命來到義大利半島擴張勢力。不久後，身為國王棄子的羅穆盧斯（Romulus）掌握實權，建立了以自己名字命名的「羅馬」。一般認為希臘文化是透過羅馬的拉丁語化而傳播到西方世界。

希臘與羅馬諸神的名字對比

希臘名	羅馬名
宙斯（Zeus）	朱比特（Jupiter）
赫拉（Hera）	朱諾（Juno）
阿波羅（Apollō）	阿波羅（Apollo）
阿提米絲（Artemis）	黛安娜（Diana）
波賽頓（Poseidon）	涅普頓（Neptune）
雅典娜（Athēna）	米娜瓦（Minerva）
狄蜜特（Dēmētēr）	刻瑞斯（Ceres）
阿芙蘿黛蒂（Aphrodite）	維納斯（Venus）
赫菲斯托斯（Hēphaistos）	兀兒肯努斯（Vulcanus）
荷米斯（Hermēs）	墨丘利（Mercury）
阿瑞斯（Arēs）	馬爾斯（Mars）
赫斯提亞（Hestia）	維斯塔（Vesta）

第三章　神話與術式

北歐神話
Norse mythology

諸神也面臨滅亡的危機

是描述傳說故事《沃爾松格傳說（Volsunga saga）》的英雄齊格飛（Sigurd）等傳說中的英雄。《詩體埃達》中最重要的手抄本《皇家手稿（Codex Regius）》，一般認為其撰寫時間比史洛里‧斯圖拉松（Snorri Sturluson）的《散文埃達》（新埃達）晚了大約50年，但實際上《詩體埃達》中收錄的幾首詩被《散文埃達》引用，導致《詩體埃達》被稱為老埃達。

北歐神話僅在北歐的四個國家（冰島、瑞典、挪威、丹麥）的傳說中零星流傳，殘存在9世紀至12世紀創作的詩歌當中。德國和英國等日耳曼諸國的神話，由於受到基督教的影響，僅以民間故事的形式部分流傳下來。

在斯考爾霍特（Skálholt）發現的手抄本《詩體埃達》（老埃達），是由年代與風格各異的29～31篇詩歌所構成。開頭的前11篇詩歌為「神話詩」，內容與日耳曼諸神有關，其餘的「英雄詩」則

北歐神話經常被拿來與希臘神話相提並論，但從敵對種族的勢力這一點來看，北歐神話的諸神應該遠比希臘諸神要危險得多。北歐神話中的巨人族雖一度被諸神逼到瀕臨滅亡的邊緣，但之後又東山再起，成為與諸神同等甚至更強大的勢力，持續向諸神施壓。北歐神話中的巨人族是比諸神更古老且安定的種族，數量也更為龐大。北歐神話的諸神直到最後都無法讓巨人族屈服，故事以諸神的滅亡與世界的終焉作結。起義的巨人族與諸神這兩大種族正面衝突，最終兩敗俱傷，世界也因為戰禍而毀滅。

面對數量驚人的巨人族，諸神勇敢地正面迎戰，最後迎來死亡，這樣的敘事描繪出北歐神話悲壯的命運。像這樣描寫諸神的滅亡，正是北歐神話與基督教和希臘神話的最大不同之處。

第三章　神話與術式

凱爾特神話

受到基督教影響而縮小的凱爾特神話

凱爾特神話是鐵器時代期間凱爾特民族的神話，在西歐與中歐大部分地區仍屬於凱爾特人世界的鼎盛時期，凱爾特人的宗教習俗因地區而異，一般認為頂多只有太陽神魯格（Lugh）與少數幾個主題共通。

凱爾特神話通常被認為是居住在愛爾蘭與英國的凱爾特人所留下的，由於居住在歐洲大陸的凱爾特人沒有留下文字，僅透過眾人口述傳承，使得人們對其實際內容知之甚少。

愛爾蘭的凱爾特神話是中世紀初期以後的產物，據說也受到基督教的影響，隨著本土文化逐漸式微。長久以來以口述形式傳承的愛爾蘭神話，最終在12世紀撰寫的《侵略之書（Lebor Gabála Érenn）》中以文字的形式流傳下來。內容描述神之一族達努神族（Tuatha Dé Danann）與弗摩爾巨人族（Fomorians）的故事等；達努神族代表人類社會的事件，弗摩爾巨人族則代表荒野。

達努神族的最高神祇為達格扎（Dagda），其名意為「良善之神」、「偉大之神」，是猶如達努神族長老般的存在。如同最高神一般的開朗個性，也有著奔放與低俗的一面，一般認為外表是留著鬍鬚的肥胖壯漢。

Egyptian mythology
－埃及神話－

埃及神話有許多擁有動物頭部的神

西元前數千年，於尼羅河流域繁榮昌盛的古埃及，最終亡於羅馬人與阿拉伯人之手。根據古埃及人的信仰，人類即使在這個世界死去，靈魂也不會消滅，而是前往死後的世界，有時會回到原本的身體。基於這種信仰，死者的肉體被製作成木乃伊，妥善地保存安置。

在古埃及，每當王朝更迭，首都就會遷移。信仰中心的改變，導致該地的神祇便成為王朝的守護神，無法形成統一的體系，只在各地神殿的銘文等處留下少許世界起源與諸神的系譜紀錄。其中，已知赫利奧波利斯（Heliopolis）、孟菲斯（Memphis）、布西里斯（Busiris）、赫爾莫波利斯（Hermopolis）這四座城市存在著獨立的神學體系。

從原初之水誕生的最初神祇名為阿圖姆（Atum），是古埃及的創造神和太陽神，後與太陽神拉（Ra）融合，被視為地位最高的神。以阿圖姆為首，古埃及存在著數不清的創造神。人們相信自然和天體都寄宿著神靈，因此開始信仰眾多神祇。這些神祇的特徵之一，就是多半都擁有動物的頭部。這可能是因為周圍的土地多為沙漠和荒野，動物比其他國家或地區要來得少，是重要的食物來源；或者反過來說，動物為人們所熟悉的存在。

第三章　神話與術式

蘇美神話

以楔形文字留存的蘇美神話

在古代美索不達米亞文明中，蘇美人自西元前4000年後半建立了世界最古老的文明。為了管理城邦，需要留下紀錄的書記，因此培養書記的讀書寫字學校便應運而生。在那些學校創作的文學作品中，就包含了蘇美神話。那是以世界上最古老文字之一的「楔形文字」寫在黏土板上的神話。

掌管天空的神祇安（An），與掌管大地的神祇祺（Ki）生下了恩利爾（Enlil），恩利爾後來成了蘇美眾神的領袖。不久，隨著神祇的數量增加，為了取得糧食，位階較低的神祇開始被迫從事農耕等勞動。智慧之神恩基（Enki）想出創造人類代替眾神勞動的方法，於是母神納木（Nammu）利用黏土創造了人類。

後來眾神引發大洪水減少人類的數量，但智慧之神恩基命國王兼虔誠祭司的朱蘇德拉（Ziusudra）準備一艘大船，讓他帶著家人與動物的後代登船而得以存活下來。經過七天七夜的洪水肆虐後，朱蘇德拉向眾神獻上母牛，眾神便將永恆的生命賜予了他。

在蘇美神話中，除了舊約聖經的諾亞方舟之外，還有其他幾個類似的故事，一般認為這些故事是蘇美人傳給了希伯來人，被記錄在舊約聖經當中。

Native Americans folklore
－ 美洲原住民的傳說 －

Great Spirit「偉大的存在」

歐洲人於16世紀開始移居美洲，當時的美洲原住民似乎分為2000多個部落，而原住民大多擁有「偉大的神祕」這個概念。這個美洲原住民的創造主，即宇宙真理的觀念，認為世上的一切都是由「偉大的神祕」所創造，而創造主「偉大的神祕」存在於這個世界的中心。雖然英語有時會用「Great Spirit」來表現，但似乎不是像神明那種人格化的存在。在美洲原住民的世界中，無論兩條腿或四條腿，無論花草樹木，一切事物皆平等。他們將人類以外的事物稱為「鳥人們」、「熊人們」、「草人們」等，不區分人類與其他生物，並認為在「偉大的神祕」之下，萬物都是平等的，應該受到尊重。

雖然每個部落的信仰各有不同，但所有神祇和精靈都在這個「偉大的神祕」之下。可以說左右人類命運的精靈、創造主，以及幫助精靈工作的郊狼等動物之上，存在著「偉大的神祕」這個更為宏大的概念。

第三章　神話與術式

107

馬雅神話

創世神話與傳說英雄的故事

馬雅神話於猶加敦半島一帶的馬雅地區流傳。馬雅文明始於西元前1000年左右，一般認為其全盛時期為4世紀到9世紀。許多馬雅文字的書籍在西班牙征服的歷史過程中被燒毀，據稱現存的只是其中一部分。

（Xbalanque）教訓邪惡諸神的故事。在創世神話中，從玉米誕生的四對男女成為最初的人類，其中包含四位基切人的始祖，使得基切人的歷史由此延續。英雄故事則是發生在諸神創造人類之前的時代，講述雙胞胎英雄討伐與神敵對的巨人族，擊退冥界希巴爾巴（Xibalba）的諸神並升天，最後為父親報仇雪恨，平定冥界的雙胞胎分別成為太陽與月亮的故事。

現存的馬雅神話史料稀少，而記載瓜地馬拉地區的基切人（K'iche'）傳說與來歷的《波波爾・烏（Popol Vuh）》為少數珍貴的文獻。《波波爾・烏》描述的是始祖神特佩烏（Tepeu）與古庫馬茲（Gukumatz）創造人類的創世神話，以及傳說的雙胞胎英雄胡納普（Hunahpu）與伊修巴蘭奎

Inca mythology
- 印加神話 -

對太陽的信仰與對皇帝的忠誠

印加民族流傳的神話，以及祕魯與安地斯的神話等安地斯山脈各民族的神話，在這裡統稱為印加神話。雖然各民族都是以口述方式傳承神話傳說，但在15世紀末期，印加帝國統一了各個民族，推廣克丘亞語（Quechuan）作為官方語言，同時大力推動太陽神廟祭祀，使得各地原本流傳的神話都融入印加民族的神話，並產生變化。

印加帝國的國教是太陽神信仰，但在創世神話中，太陽是由其他神祇創造的，太陽本身並沒有擔任主神的角色。帕查庫特克（Pachacuti）為庫斯科王國的第9任薩帕‧印卡（Sapa Inca，皇帝的意思），他為了彰顯帝國征服各民族並統治他們的正當性，將古老的神話改編成新的神話，創造出以太陽為父的帕查庫特克的故事。皇帝被視為繼承太陽血脈的神之子，是神聖的存在。雖然對太陽的信仰與對皇帝的忠誠備受重視，但對其他神祇的宗教形式似乎沒有特別的需要。

據說印加帝國滅亡後，這些神話逐漸消失，原本在安地斯各地根深蒂固的神話和儀式則被保留了下來。

第三章 神話與術式

- 魔法 -

人人都能成為魔法師的時代

在奇幻相關用語中，或許找不到比「魔法」更常出現在電視劇或動畫中的詞彙了。其始祖包括史上熱門作品《神仙家庭（Bewitched）》、《太空仙女戀（I Dream of Jeannie）》等外國電視劇，日本則是以電視動畫與漫畫走紅的《魔法使莎莉》為代表。不過這些都是1960年代大受歡迎的作品，當時收看的人現在應該都已經年過六旬。這些作品顛覆了原本使用魔法的魔女很可怕的形象，將其塑造成可愛的女孩或美麗的女性。魔女不做壞事，反而會做一些讓大家開心的事，成為受人喜愛的存在。

查詢數位大辭典（小學館出版），可以看見魔法的定義為「人類之力無法做到，不可思議的法術、魔術、妖術」。然而，現代社會已經可以藉由數位的力量，透過AI等技術實現許多過去只能用魔法做到的事。也就是說，隨著科技持續進化，原本以為只有魔法才能做到的事，或許真的會像變魔法一樣輕鬆做到。如此一來，說不定人人都能成為魔法師。

咒術 - Sorcery

在漫畫和動畫中也頗受歡迎

最近以熱門漫畫及動畫而廣為人所知的《咒術迴戰》，其概要為從人類負面情感中誕生的怪物，與使用咒術祓除這些怪物的咒術師之間的戰鬥，在網站等處被描述為黑暗奇幻戰鬥漫畫。調查咒術時，可以看到名為咒術、魔術、奇術這類「透過超自然方法試圖引發特定現象的行為」的內容。雖然咒術在世界各地或多或少有些差異，但似乎一直存在著。以日本為例，繩文時代的土偶、邪馬台國卑彌呼的薩滿教，或是改編成電影的平安時代陰陽師安倍晴明、在中國學習密教的空海，這些或許就是使用接近咒術的技術。

除了包含咒文等咒術行為之外，還能利用咒物（咒具）使咒術成立，而支持其存在的是咒術信仰與咒術思想。在大多數的情況下，咒術行為會經過某種形式化。似乎有不少人相信，只要確實遵守順序與形式，咒術效果就能顯現；萬一出了差錯，便無法發揮效果。

在日本，這類咒術大多被視為迷信，但相反地，現在仍有不少人重視護身符或招財貓，或是在重要的日子挑選良辰吉日。

第三章　神話與術式

- 鍊金術 -

將鐵或銅變成貴金屬的術法

奇幻或神祕學中經常出現的要素之一。其歷史相當悠久，起源於古代美索不達米亞和埃及，在10世紀前後於中東發展。19世紀於埃及古代墓地出土的莎草紙相傳是西元約3世紀書寫的，上面記載了在金或銀中加入其他金屬以增加其份量的方法。西元4世紀左右，猶太婦女瑪莉亞（Maria）被認為是鍊金術的創始者，這位鍊金術師製造出一種名為「kerotakis」的鍊金裝置，這種裝置至今仍以bain-marie（瑪莉亞的浴缸）之名留存下來。

9世紀末出現的傳說鍊金術師賈比爾‧伊本‧哈揚（Jabir ibn Hayyan），留下了大量與鍊金術相關的著作，統稱為賈比爾文集。

鍊金術的思想在於找出或創造出賢者之石。人們相信賢者之石具有將非金屬變成貴金屬的力量，也擁有使人類長生不老的力量，因此鍊金術師們持續進行研究。應用古希臘的學問，透過實驗和發明而發展的鍊金術，不像大多數人想像的只存在於魔法世界，在被稱為非化學理論的19世紀之前，對化學的發展做出了貢獻。

第四章

著名的奇幻作品

奇幻作品的類型與魅力

什麼是奇幻作品

　　奇幻（Fantasy）一詞是空想或幻想的意思。被稱為奇幻作品的作品，大多都包含了無法用自然科學的知識或見識來解釋的現象，並以與現實世界大相徑庭的虛構世界為舞台。

　　奇幻原本是小說等文學使用的類別，但如今遊戲或影視作品這類文學以外的虛構作品（由作者等人的想像力創作的故事），也會用這個詞彙進行分類。

奇幻的類型五花八門

　　奇幻世界起源於古老的神話與傳說，但其定義可以說隨著時代而改變。奇幻故事既有自古以來流傳下來的「童話故事」，也有近代的《哈利波特》系列和《魔戒》這類，以與現實世界截然不同的虛構世界為主軸展開的故事。

　　目前，奇幻故事已經發展出各種類型。例如，以科學無法解釋、理所當然存在的虛構世界為舞台的「古典奇幻（High fantasy）」；在現實世界中加入超自然元素的「淺度奇幻（Low fantasy）」；結合SF（Science fiction）與奇幻要素的「科學奇幻（Science fantasy）」等。

在日本大受歡迎的異世界題材

近年來「異世界」題材的作品相當受歡迎。異世界是日本的漫畫、動畫、輕小說等虛構作品的類型之一。以存在魔法的世界作為舞台，從中衍生並確立的類型，包括從現代前往異世界的異世界轉生、異世界轉移等。

異世界轉生是指某個人物一度死亡後，帶著前世的記憶轉生為另一個人物；異世界轉移是指從現實世界突然被召喚到異世界。

豐富情感與想像力的奇幻作品

說到知名的奇幻作品，大家第一個想到的應該不只小說，還包括透過電影或遊戲而廣為人知的作品。舉例來說，在電影方面，有不分大人或小孩，受到廣泛年齡層支持的《哈利波特》系列，以及《魔戒三部曲》的原作《魔戒》；遊戲方面則有主角和夥伴們在冒險的旅途中擊敗怪物的作品。

奇幻作品能為生活在現實世界的人們帶來夢想、憧憬、緊張刺激與興奮感，同時也能激發大家的想像力。本章將介紹在世界各地廣受歡迎的奇幻作品，各位不妨回顧一下自己知道的作品，並以此為契機，今後試著接觸還沒看過的作品。

納尼亞傳奇
The Chronicles of Narnia

共 7 集的系列小說

　　《納尼亞傳奇》的作者是英國作家 C・S・路易斯（Clive Staples Lewis）。這套以兒童讀者為主的小說系列於 1950 年至 1956 年間出版。依照出版順序，分別是第 1 集《獅子、女巫與魔衣櫥》、第 2 集《賈思潘王子》、第 3 集《黎明行者號》、第 4 集《銀椅》、第 5 集《奇幻馬和傳說》、第 6 集《魔法師的外甥》、第 7 集《最後的戰役》。不過若以年代來看，作品順序應該是 6、1、5、2、3、4、7。日本是岩波書店於 1966 年出版，瀨田貞二翻譯的版本。

描述少年少女的冒險故事

　　故事的舞台是創造主獅子「亞斯蘭（Aslan）」所創造的幻想國度納尼亞（Narnia）。故事描述 20 世紀的英國少年少女在異世界與現實世界來回穿梭，為了完成自己被賦予的使命而展開的冒險旅程。這部奇幻作品的內容涵蓋了該國度的誕生到滅亡的整個過程。

在各種媒體上都能看到的作品

　　《納尼亞傳奇》不僅是小說，至今已被改編成真人電影、電視劇、動畫、漫畫。以這部小說為原作的真人電影，從 2005 年 12 月於美國上映（日本是 2006 年 3 月上映）的《納尼亞傳奇：獅子、女巫、魔衣櫥》開始，之後又陸續製作了《納尼亞傳奇：賈思潘王子》、《納尼亞傳奇：黎明行者號》。

精靈寶鑽 *The Silmarillion*

與《魔戒》相關的作品

　　英國作家Ｊ・Ｒ・Ｒ・托爾金的神話故事集《精靈寶鑽》，是他過世後由兒子整理遺稿，經過編輯後於1977年出版。這部由五部構成的故事，是以虛構世界「中土大陸」的歷史為背景的奇幻作品。內容涵蓋唯一神「Eru」的天地創造、大寶鑽「精靈寶鑽（Silmaril）」的爭奪，以及不朽的精靈族和壽命有限的人類在創世時期的故事，構成了《魔戒》之前的宏偉神話世界。

哈比人歷險記 *The Hobbit, or There and Back Again*

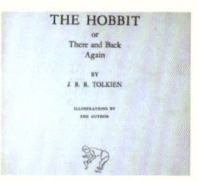

矮人哈比人的冒險故事

　　這部奇幻小說是描述《魔戒》之前發生的事件。故事講述虛構世界「中土大陸」上有個名為哈比人的矮人族，為了奪回被龍搶走的財寶，與魔法師及其他種族的矮人一同前往龍所居住的山脈，展開一場冒險故事。本作的成功為後來《魔戒》的誕生奠定了基礎。

魔戒 *The Lord of the Rings*

冒險與友情的奇幻故事

　　作為《哈比人歷險記》的續集，《魔戒》的第一版於1954年至1955年間出版，分為第1集《魔戒現身》（第1部、第2部）、第2集《雙城奇謀》（第3部、第4部）、第3集《王者再臨》（第5部、第6部、附錄）共3冊。故事以住著各種種族的虛構世界「中土大陸」為舞台，描述包含主角哈比人佛羅多在內的九名旅伴，為了破壞「至尊魔戒」，消滅冥王索倫，而展開冒險與友情的奇幻故事。電影《魔戒三部曲》系列也因此獲得了廣大粉絲。

第四章　著名的奇幻作品

117

尼伯龍根的指環

分成四天上演的歌劇

　　這部由德國歌劇巨匠理查·華格納（Richard Wagner）所創作的作品，以日耳曼民族的傳說為中心主題的《尼伯龍根之歌》與北歐神話為題材，華格納從1848年（時年35歲）到1874年（時年61歲），耗費26年的時間創作出這部由戲劇與樂曲構成的歌劇。由序夜《萊茵的黃金》、第一日《女武神》、第二日《齊格飛》、第三日《諸神的黃昏》4部構成。據說當年分成四天上演，總時長約15小時。故事內容是神祇、英雄、神話中的生物圍繞著能夠支配全世界的魔法戒指所展開的戰鬥。

魔戒的根源也與此相同

　　J·R·R·托爾金的小說《魔戒》，與《尼伯龍根的指環》有著相同題材背景。作為《尼伯龍根之歌》和《尼伯龍根的指環》的創作原型，北歐神話對《魔戒》產生深遠的影響，因此比較這兩部作品，可以發現在許多方面都有相似之處。

成為漫畫和電視電影的題材

　　與《尼伯龍根的指環》有關的作品，在各式各樣的媒體上展開。例如，它成為日本許多知名漫畫家的漫畫作品題材，而德國、義大利、英國、美國都曾製作相關的電視電影。

龍與地下城

熱門的 TRPG

「龍與地下城（Dungeon & Dragons）」（以下簡稱Ｄ＆Ｄ）是1974年製作並販售的美國TRPG。TRPG為桌上遊戲的一種類型，不使用遊戲機等電腦，基本上只用骰子、鉛筆等道具進行遊戲；據說Ｄ＆Ｄ是世界上第一款角色扮演遊戲。這個遊戲是由玩家操縱作為自己分身的角色，和夥伴們同心協力打倒怪物，賺取金錢並提升等級。

制定規則的遊戲主持人

這款遊戲與其他遊戲最大的不同之處，在於遊戲主持人（在遊戲中稱為地下城主）的存在。遊戲主持人負責敘述眼前展開的風景與場面等，操控玩家角色以外的所有登場人物與怪物，思考並決定遊戲規則。簡而言之，這是「透過玩家角色來體驗遊戲主持人所呈現的故事」的奇幻遊戲。因此，根據呈現的故事內容不同，遊戲的氛圍也會隨之改變，此正是這款遊戲的特色。

透過跨媒體的方式獲得粉絲

有不少以Ｄ＆Ｄ為基礎改編的電腦遊戲，相關小說也改編成系列出版。此外，美國也製作了一部以Ｄ＆Ｄ的一般世界觀為主題的電影，目前最新的作品是美國於2023年3月31日上映的電影。

第四章　著名的奇幻作品

埃里克傳奇

以劍與魔法為核心的奇幻作品

英國作家麥可・穆考克（Michael Moorcock）的代表作之一《埃里克傳奇（The Elric Saga）》，是以劍與魔法的奇幻世界為舞台。故事描述皇帝兼魔法師的主角埃里克（Elric）的冒險，以及他在魔劍「暴風呼喚者（Stormbringer）」的引導下走向毀滅的命運。故事始於1961年發表的《幽夢之都（The Dreaming City）》，後於1965年發表的《暴風呼喚者（Stormbringer）》中以主角之死的形式暫時完結。之後隨著新篇章的發表，作品經過重新編輯，收錄在該作者的系列作品《永恆戰士（Eternal Champion）》之中。

系列化後吸引眾多粉絲

後來於1972年發表長篇作品《梅爾尼波內的埃里克（Elric of Melniboné）》，重新構築了埃里克傳奇的故事開端。1989年發表《珍珠要塞（The Fortress of the Pearl）》，1991年推出《薔薇的復仇（The Revenge of the Rose）》，其後再發表新的三部曲：《盜夢者之女（The Dreamthief's Daughter）》、《史克雷林之樹（The Skrayling Tree）》和《白狼之子（The White Wolf's Son）》。

主角與魔劍的關係

主角埃里克所持有的魔劍風暴呼喚者，擁有吸取人類靈魂，將其力量賦予埃里克的魔力。埃里克天生體弱多病，必須依賴魔法和藥物才能生存，但這把魔劍讓他獲得無需依賴藥物也能行動的力量。然而，代價卻是與自己的意志無關，將自己和周圍的人們捲入冒險與災難之中。

克蘇魯神話

描述舊支配者與舊神之間的戰鬥

「克蘇魯神話」是以 1920 年代美國作家霍華德・菲利普斯・洛夫克拉夫特（Howard Phillips Lovecraft）所寫的恐怖小說為基礎，後由作家朋友克拉克・阿什頓・史密斯（Clark Ashton Smith）、羅伯特・布洛克（Robert Bloch）、勞勃・歐文・霍華德（Robert Ervin Howard）、奧古斯特・德雷斯（August Derleth）等人，互相借用虛構的神祇和地名等名稱創作而成。故事主要描寫從外太空來到古代地球的舊支配者和舊神之間的戰爭、這件事對後世帶來的影響，以及崇拜給人類帶來災厄之神的人們在背後的活動。

獨特的宇宙恐懼思維

洛夫克拉夫特基於「宇宙是無情的，以人類為中心的地球思維並不適用」這個概念，提出了所謂宇宙恐懼（Cosmic Horror）的世界觀。在這樣的世界觀中，登場人物因為各式各樣的神祇而陷入恐懼，這個過程營造出令人感到恐懼的氛圍。引進日本的《克蘇魯神話》後來由多位作家翻譯。

也有將神祇擬人化為美少女的作品

除了原作之外，「克蘇魯神話」也成為 TRPG 的題材，或是輕小說和動畫等作品的靈感來源，知名度不斷擴大。雖然原本的定位是恐怖小說，但在輕小說等領域中，也有以所謂的「萌」要素為賣點的作品而廣受歡迎。

愛麗絲夢遊仙境

充滿想像力的神奇世界

　　1865年出版的《愛麗絲夢遊仙境》，是英國數學家查爾斯・路特維奇・道奇森（Charles Lutwidge Dodgson）以路易斯・卡羅（Lewis Carroll）為筆名所撰寫的兒童小說。故事描述少女愛麗絲追逐白兔而誤入不可思議的國度，在那裡遇見了會動的撲克牌與會說話的動物等各式各樣的角色，於這個神奇世界展開冒險。

　　原作被改編成舞台劇、影視作品、繪本等各種形式，讓世界各地的孩子和大人都樂在其中。此外，本作中的許多詩詞和童謠，都是模仿當時廣為人知的訓誡詩或流行的歌曲，這也是其特色之一。

愛麗絲鏡中奇遇

少女稍微長大後的夢境世界

　　1871年出版的《愛麗絲鏡中奇遇》，是《愛麗絲夢遊仙境》的續作。在這部作品中，少女愛麗絲穿過鏡子迷失在鏡之國度（異世界），故事依照西洋棋的規則展開，因此紅白皇后和白色騎士等角色，都是將西洋棋的棋子擬人化而成。

　　關於《愛麗絲鏡中奇遇》的影視改編作品，有些是與《愛麗絲夢遊仙境》的要素結合的作品，有些則是作為《愛麗絲夢遊仙境》的後續故事。例如某部動畫電影是以《愛麗絲夢遊仙境》為基礎，同時加入《愛麗絲鏡中奇遇》的角色。

說不完的故事

平行描述現實世界與書中的世界

　　1979年出版的《說不完的故事》是德國作家米歇爾・恩德（Michael Ende）撰寫的奇幻作品。故事描述飽受欺凌的少年培斯提安（Bastian）進入不可思議的書本世界，在名為幻想國的奇幻國度展開許多冒險，並經歷了這個國家的滅亡與重生。另外，「說不完的故事」是培斯提安從舊書店偷來的書的書名。

　　本作平行描述了現實世界與另一個主角奧特里歐（Atreyu）冒險的書中世界幻想國這兩個世界。另外，電影「大魔域（The NeverEnding Story）」即是以這本小說改編而成。

哈利波特

享譽全球的兒童文學小說系列

　　J・K・羅琳（J. K. Rowling）的小說《哈利波特》系列，可說是全球家喻戶曉的作品。故事描述魔法師少年哈利波特與夥伴之間的互動，以及他與殺害父母的黑暗魔法師佛地魔之間的戰鬥。故事從1997年出版的第1集《哈利波特：神祕的魔法石》開始，到2007年出版的第7集《哈利波特：死神的聖物》完結。

　　這部小說超越了兒童文學的範疇，受到全球兒童與大人的喜愛，想必有不少人都看過所有的電影系列吧。此外也有主題樂園和舞台劇等，堪稱是在各種領域都深受喜愛的作品。

第四章　著名的奇幻作品

123

索引

一劃
一條鞭 ································· 39
九尾鞭 ································· 39
九頭蛇 ································· 61

二劃
人魚 ································· 63
八岐大蛇 ····························· 67
刀劍類 ································· 10
十字弓 ································· 35
十字軍頭盔 ························· 54

三劃
大鐮 ································· 38
山怪巨魔 ····························· 81
弓 ································· 34

四劃
中頭盔 ································· 54
五指短劍 ····························· 19
天使 ································· 68
天馬 ································· 64
巴西利斯克 ························· 67
戈爾貢 ································· 67
手杖 ································· 41
手裏劍 ································· 37
手鐲 ································· 56
日本刀 ································· 17
木乃伊 ································· 77
比斯克拉夫雷特 ················· 91
火星人 ································· 95
王者之劍 ····························· 11

五劃
北歐神話 ····················· 102、103
半人馬 ································· 82
半月斧 ································· 24
半身甲 ································· 46
半獸人 ································· 87
卡達 ································· 21
古埃及鐮狀劍 ····················· 15
古爾茲 ································· 31
史萊姆 ································· 73
尼伯龍根的指環 ················· 118
布甲 ································· 48
布吉斧 ································· 33
布面鐵甲 ····························· 47
打擊武器 ····························· 28

皮克西 ································· 94
皮帶 ································· 56

六劃
列布拉康 ····························· 92
印加流星錘 ························· 36
印加神話 ····························· 109
印地安戰斧 ························· 32
印度拳劍 ····························· 15
地獄三頭犬 ························· 83
地精 ································· 79
死神的大鐮 ························· 38
耳朵匕首 ····························· 19
耳環 ································· 56
艾奇德娜 ····························· 66
衣索比亞彎刀 ····················· 14

七劃
克拉肯 ································· 62
克蘇魯神話 ························· 121
利維坦 ································· 62
吸血鬼 ································· 75
吹箭 ································· 40
妙爾尼爾 ····························· 31
希臘神話 ····························· 100
戒指 ································· 56
戒靈 ································· 89
投石機 ································· 37
投擲武器 ····························· 36
杖 ································· 41
杜拉漢 ································· 91
貝希摩斯 ····························· 69
那伽 ································· 61

八劃
亞麻胸甲 ····························· 47
佩什卡多 ····························· 21
佩爾塔盾 ····························· 51
刺劍 ································· 13
咒術 ································· 111
奇美拉 ································· 70
岡格尼爾 ····························· 23
帕維斯盾 ····························· 52
所羅門王召喚的72柱惡魔 ····· 96
拉彌亞 ································· 66
斧 ································· 32
東方的龍 ····························· 61
板甲 ································· 45

波斯彎刀	17
狗頭人	94
芬里爾	84
芭芭雅嘎	74
長弓	34
長柄刀	26
長柄逆刃刀	16
長柄鎌	27
長槍	22
長劍	10
阿刺克涅	83
阿梅特頭盔	55
阿勞厄	27
阿斯庇斯盾	50

九劃

哈比	65
哈比人	88
哈比人歷險記	117
哈利波特	123
哈爾帕彎刀	16
幽靈	73
指虎	42
狩獵小刀	20
盾	50
科學怪人	76
美洲原住民的傳說	107
耶夢加得	84
軍刀	11
軍叉	25
面具	56
飛龍	60
食人魔	78
食屍鬼	78

十劃

哥布林	79
埃及神話	105
埃里克傳奇	120
埃癸斯盾	53
射程武器	40
書	42
格倫戴爾	69
泰坦	80
狼人	71
納尼亞傳奇	116
草鐵	27
迴力鏢	40

馬雅神話	108
馬鞭	39
高位天使	68
鬼火	72
鬼魂	72

十一劃

寇拉彎刀	15
強獸人	87
晨星鎚	29
蛇腹劍	17
連枷	29

十二劃

凱爾派	92
凱爾特神話	104
喪屍	76
報喪女妖	74
壺形盔	55
戟	23
斯庫拉	63
斯庫圖姆盾	53
斯提雷托	21
斯雷普尼爾	85
斯潘根頭盔	55
棍棒	28
棕精靈	95
森林仙女	93
植物羊	70
焰形劍	13
短弓	35
短槍	22
短劍	10
短劍類	18
紫衫弓	35
絲線	43
腎形匕首	18
項鍊	56

十三劃

圓盾	50
塔爾瓦彎刀	16
填充鐵棍	31
愛麗絲夢遊仙境	122
愛麗絲鏡中奇遇	122
新埃達	102
溜溜球	43
獅鷲	65

125

矮人	86		邁雅	89
號角	42		鍊金術	112
詩體埃達	102		闊刃大劍	12
賈馬達哈	20		闊劍	11
達貢	63		闊頭槍	25
雷瓦汀	13		鎖子甲	49
雷鳥	64		鎖鐮	38
雷霆	43		鎚	30
			鎚矛	28
十四劃			鎧甲	44
寧芙	82		雙刃斧	33
旗	42		雙節棍	30
槍械	43		鞭	39
歌耶提亞的惡魔	96		騎兵胸甲	44
精靈	86		騎槍	24
精靈寶鑽	117		鯊魚	63
蓋伯格	25			
說不完的故事	123		**十九劃**	
赫爾	85		羅馬神話	101
鳶形盾	52		羅馬短劍	14
			蠍獅	71
十五劃			鏈鋸	43
彈弓	40		類似鐵撬的物品	43
撒旦	69			
撒克遜刀	19		**二十劃**	
標槍	23		蘇美神話	106
鞋子	56		觸角匕首	18
骷髏人	77			
			二十一劃	
十六劃			護胸甲	46
戰斧	32		鐮	38
戰鬥鉤	26		魔戒	117
戰鎚	30		魔杖	41
戰鎬	29		魔法	110
樹人	88		魔像	81
機弦	37			
獨角獸	90		**二十二劃**	
獨眼巨人	80		彎刃大刀	12
貓妖精	93		權杖	41
霍普隆盾	51			
頭盔	54		**二十三劃**	
龍	60		鱗甲	48
龍與地下城	119			
十八劃				
擬態怪	90			
殭屍	77			
環刃	36			

參考文獻・網站

「魔法事典」山北篤　著　新紀元社
「知っておきたい世界と日本の神々」松村一男　著　西東社
「知っておきたい伝説の英雄とモンスター」金光仁三郎　著　西東社
「世界の宗教　知れば知るほど」星河啓慈　監修　実業之日本社
「西洋神名事典」山北篤　監修　シブヤユウジ　画　新紀元社
「古代エジプトを知る事典」吉村作治　編　東京堂出版
「古代ローマを知る事典」長谷川岳男　日わき博敏　著　東京堂出版
「ドラゴン学総覧」ドゥガルド・A・スティール　編　今人舎
「ゲームシナリオのためのファンタジー解剖図鑑」サイドランチ　編　誠文堂新光社
「武器と防具　西洋編」市川定春　著　新紀元社
「祭り屋台天井絵龍図・鳳凰図(1844)」葛飾北斎　画
「Destruction of Leviathan(1866)」ギュスターヴ・ドレ　画
「Monstrorum Historia(1642)」ウリッセ・アルドロヴァンディ　画
「出雲国肥河上八俣蛇ヲ切取玉ヲ図(1880)」楊洲周延　画
ノルディスク　ファミリエブック(1876)　リンショーピン大学　プロジェクト・ルーネベリ参照
「Vegetable lamb(1887)」ヘンリー・リー　著
「Historiae naturalis de quadrupetibus(1650)」ヨハネス・ヨンストン　著
「Statue of Oceanus(2世紀頃)」イスタンブール考古学博物館所蔵
「Battle of Centaurs and Wild Beasts(西暦120～130年頃)」
「A Nymph In The Forest」チャールズ・アマブル・ルノワール(1860-1926)　画
「Myths of the Norsemen from the Eddas and Sagas(1909)」H.A.ゲルバー　著
「Bound of Fenrir(1909)」ドロシー・ハーディー　画

●編集・文
浅井 精一
竹田 政利
魚住 有

●設計・插畫
松井 美樹

みんなが知りたい！ファンタジーのすべて 剣と魔法の世界がよくわかる
～武具・幻獣やモンスター・神話・術～
MINNA GA SHIRITAI ! FANTASY NO SUBETE KEN TO MAHOU NO SEKAI GA YOKU WAKARU
～ BUGU・GENJUU YA MONSTER・SHINWA・JUTSU ～
Copyright © Cultureland ,2024
All rights reserved.
Originally published in Japan by MATES universal contents Co.,Ltd.,
Chinese (in traditional character only) translation rights arranged with
by MATES universal contents Co.,Ltd., through CREEK & RIVER Co., Ltd.

你想知道的都在這裡！
奇幻世界大揭祕

| 出　　　　版／楓樹林出版事業有限公司 |
| 地　　　　址／新北市板橋區信義路163巷3號10樓 |
| 郵 政 劃 撥／19907596 楓書坊文化出版社 |
| 網　　　　址／www.maplebook.com.tw |
| 電　　　　話／02-2957-6096 |
| 傳　　　　真／02-2957-6435 |
| 作　　　　者／「奇幻世界的一切」編輯室 |
| 翻　　　　譯／趙鴻龍 |
| 責 任 編 輯／陳亭安 |
| 內 文 排 版／洪浩剛 |
| 港 澳 經 銷／泛華發行代理有限公司 |
| 定　　　　價／380元 |
| 初 版 日 期／2025年8月 |

國家圖書館出版品預行編目資料

你想知道的都在這裡！奇幻世界大揭祕 /
「奇幻世界的一切」編輯室作；趙鴻龍譯.
-- 初版. -- 新北市：楓樹林出版事業有限公
司, 2025.08　面；　公分

ISBN 978-626-7729-29-8（平裝）

1. 通俗文學　2. 文學評論

812.7　　　　　　　　114009026